JN192082

INVISIBLE
the phantom thief
KAORU YUKINARI
怪盗インビジブル
行成薫
講談社

INVISIBLE
the phantom thief

contents

ビジブル

怪盗イタ

装画　旭ハジメ
装幀　坂野公一＋吉田友美（welle design）

INV SIB E
the
phantom
thief

CASE 1

1

どういうことだよ、と言いながら、石川《いしかわ》ダイスケは教室を出ようとする猿渡《さるわたり》ケンの前に立ちふさがった。ケンは、どうもこうもねえよ、とそっけない答えだけを返し、ダイスケを無視して横を擦《す》り抜けようとする。

「どうもこうもねえ、とかじゃないだろって」

「なんだよ、なにがどう納得いかねえんだよ」

「だから、なんで卓球部辞めなきゃいけねえんだって」

ダイスケがケンの腕を摑《つか》んで教室の中に引き戻す。細身だが筋肉質で背の高いダイスケとは対照的に、ケンはぽっちゃり系で背が低く、見た目は幼い。ダイスケが腕を引っ張ると、大人が子供を扱うかの如く簡単に引き戻すことができた。ケンはふてくされた顔のまま、ダイスケと視線を合わせようとしない。

ケンが「卓球部を辞める」と言い出したのは、先週のことだ。とはいえ、もう五月も後半である。来月には中学三年間の集大成である中総体の地区大会が始まる。大きな大会の団体戦ではずっと、ダイスケはケンとダブルスを組んできた。きっと、最後の大会もダブルスを任されることになるはずだ。それなのに、いきなり「辞める」と言われてもダイスケは納得がいかなかった。

「考えてもみろよな」

ケンは、これだからバカは困る、といった具合にため息をつき、舌打ちをし、鼻で笑った。

「なにをだよ」

「もう、俺たち中三だぞ。受験生だろ？　この一年で一生が決まると言ったって過言じゃない」

過言だろ、と、ダイスケがツッコむと、過言じゃねえよ、と返ってくる。何度か、そうだそうじゃない、という不毛な水掛け論が続いた。

「まあ、受験が大事なのは当たり前だけどさ」

「だろ。おまえさ、卓球なんかやってて、なんの役に立つんだよ。プロになんかなれっこないんだし、オリンピックに出るわけでもねえし。サッカー部とかバスケ部みたいにさ、女子にモテることも永遠にねえぞ」

「永遠に、は言い過ぎだろ」

「うちの部員に、彼女がいるやつが一人でもいるか？」

それはいないけど、と、ダイスケが事実を答えると、ケンは勝ち誇ったような顔で、そうだろ、とうなずいた。

「いやでも、部活なんて役に立つとか立たないとかじゃないじゃん」

「なんで役にも立たないことやってんの？　バカじゃん。意味ないじゃん。無駄じゃん」

「おまえさ」

「なんだよ」

「それ、今さら言うことかよ」

部活に入るかどうかの選択をする前に言うならともかく、一年、二年とほぼ毎日のように部活に明け暮れてきて、最後の大会直前になって急に「役に立たない」「意味がない」と言われても、なにを今さら、としか言いようがない。

「まあ、一、二年のときは、俺もガキだったんだよ」

「今でもガキみたいな顔してるじゃんか」

ケンがぷくぷくしたほっぺたをぶるぶるさせながら、うるせえ、と声を荒らげる。

「俺は気づいちゃったんだよ。人生に卓球がいかに必要ないかってことに」

「だからって、ここまでやっといて辞めるか？　普通さあ」

「気づいてるのにそれまでの慣習にとらわれて行動しないってのは、日本人の悪いとこなんだよ」

なんだか急にオトナっぽいことを言い出したように聞こえるが、ケンの言葉はどうせ先生か誰かの受け売りだ。

「いい悪いはどっちでもいいけど、せめて大会終わった後に気づいてくれよ」

「しょうがねえだろ、気づいちゃったもんは」

「引退を一ヵ月くらい早めたくらいで、受験に差なんかでねえってば」

「おまえな、県大《ケンタイ》行ったら七月、全中《ゼンチュー》までいったら八月だぞ。夏の間に勉強できなかったら、あっという間に取り残されるだろうが」

ダイスケは、全中？　と、首を捻《ひね》った。ケンの言う「全中」とは、「全国中学校卓球大会」の略称だ。つまり、地区大会や県大会を勝ち抜いた先に待つ、全国大会のことである。

「おい、ケン」

「なんだよ」

「俺たちが全国なんか行けるわけねえだろ」

ダイスケたち北中《キタチュー》男子卓球部は、部員総勢十二人というこぢんまりとした部活だ。個人戦で突出した成績を残すようなエースもいないし、小さい頃から卓球教室に通っていたようなエリートもいない。みんなどこにでもいる普通の中学生ばかりで、言ってしまえば完全無欠の弱小卓球部だった。全国はおろか、県大会に出るのさえ夢物語というレベルで、創部以来の悲願は、「地区大会一日目の四試合を勝ち抜き、二日目までなんとか生き残る」だ。

ケンの言うことは、正直、間違いではないとダイスケも思う。部員の中からプロ卓球選手やオリンピック選手はどう考えても出て来ないし、バスケ部やサッカー部のようにモテるわけでもない。意味がないと言われてしまうと、まあ、そうだけどさあ、としか言えなくなる。

でも、アスリートのようにハードなものではないにしても、三年間こつこつ積み上げてきた練習の集大成なのだ。大会直前でそれを放り捨ててしまうというのは、ダイスケにはどうしても理解できなかった。

「ほんとに、来ないのかよ、今日も」

「行かねえよ」

「じゃあ、なんでラケット持ってんだよ」

あ、と、ケンが自分の小脇に抱えた卓球のラケットケースを、バツが悪そうに背中側へ回した。ケースは普通のショルダーバッグくらいのサイズで、ストラップがついている。

「毎日持ってきてたから、つい持ってきちゃうんだよ、クセで」

「つい持ってくる、ってサイズじゃねえだろ、こんなの」

「しょうがねえだろ、習慣づいちゃってんだよ」

「ド天然にもほどがある」

「うっせえなあ、しょうがねえだろ」

「ほんとは、卓球やりたい──」

「卓球やりたいとか、思ってるわけじゃねえからな」

ケンが、ダイスケの言葉を先回りして否定する。そう言われてしまうと、なかなか言い返しづらい。ダイスケが次の言葉を探してまごまごしていると、ケンは、じゃあな、と一言残し、背の高いダイスケの脇をくぐって廊下に出ていった。いつものダサいトレーニングウェアではなく、制服を変に着崩《きくず》した後ろ姿。もっちりした背中を、派手な色彩のラケットケースがパタパタと叩《たた》いている。ダイスケは、あいつもしかしたら明日もアレ持ってくんのかなあ、と、ぼんやり考えながら、遠ざかっていくケンの後ろ姿を見送った。

2

授業が終わってから二時間ほど自習室で勉強をし、そのまま帰宅せずバスに乗って駅前の進学塾に向かう。まだたった一週間だが、部活を辞めたことで、ケンの放課後の過ごし方はがらりと変わった。

先週までのケンの一日はこうだった。放課後になるとすぐにトレーニングウェアに着替え、学校の周囲三キロほどをランニング。体育館でみっちり三時間の練習を終えると、重たくなった体を引きずって家に帰り、シャワーを浴びて遅い夕食。その時点で体力はほぼ尽きていて、宿題を終わらせるともう眠くて起きていられない。ちょっと仮眠というつもりでベッドに横になったと思ったら、あっという間に朝になっている。とても受験勉強どころではなかった。

部活はそれなりに楽しかったし、仲間たちとも上手くやっていた。でも、今の楽しさを優先して嫌なことから目を背《そむ》けていると、きっと将来後悔することになるのだ。中学三年生という大事な一年を、卓球なんかで浪費するわけにはいかない。


これで、いいんだ。


昇降口を出ると、ケンは正門に向かう正規ルートとは逆に向かう。駅前にある進学塾に行くためにはバスを使う。バス停は、正門から出るより体育館裏を通って裏門から出た方が近い。

裏門を使う生徒はほとんどいないが、登校、下校時間になると毎日ひっそりと門が開放される。これじゃ校内に忍び込もうと思ったら簡単だな、とは思うが、今のところ裏門が封鎖されたり、警備員を立たせたりする予定はなさそうだ。

体育館裏には学校菜園が作られていて、一年生が理科の時間に植えた植物が青々とした葉っぱを広げていた。奥には煙突のついたコンクリート造りの焼却炉が見える。昔は校内で出たゴミを燃やしていたそうだが、今はもう使われておらず、生徒が近づかないように囲いが作られている。そんなことをせずとも誰も近寄らないが。きっと、存在すら気にもかけていない。

バスの時間まで、そう余裕があるわけではない。ケンが裏門に真っすぐ向かおうとすると、体育館からボールが弾《はず》む音が聞こえてきた。後ろ髪を引かれるような感覚があって、思わず足が止まる。腕時計を見て走り出そうとするが、すぐにまた止まる。ケンは、頭をぐしゃぐしゃと掻《か》きながら舌打ちをし、体育館裏に近づいた。

重いカバンを一旦降ろして、体育館の床面近くに作られた通気窓を外から覗《のぞ》き込む。手前でバレー部がネットを張っていて、その奥、ステージ上で卓球台を組み立てる後輩たちの姿が見えた。一週間前、ケンがいた頃となにも変わらない風景だ。自分がいなくても、部は回っている。


そりゃそうだ、じゃないと困るだろ、と、つぶやく。


ちゃんと練習しろよな、と、一言ぼそりと先輩風を吹かせ、ケンは立ち上がった。置いたカバンを拾い上げようと手を伸ばすが、ん？　と声が出た。伸ばした指先が、空を切ったのだ。あるはずのところに、カバンがない。ぽつんとラケットケースだけが取り残されている。

胸がずきん、と緊張して、一気に冷や汗が出る。そんなバカな、確かにここに置いたのに、と慌てて後ろを振り向くと、突然胸元にカバンが飛んできた。なんだよ誰だよ、とケンがぼやくと、声を押し殺したような笑い声が聞こえた。

「よう、サルケン、なにしてんだ」

見ると、学校主事のモン吉さんが立っていた。この時間帯は、敷地内の見回りをしているのだろう。にしてもやる気が満々で、暴漢対策用のサスマタを手にしている。

モン吉さんは「もう定年」と口癖のように言っているので、歳は六十歳くらいなはずなのだが、いつも日に焼けて真っ黒、えらくワイルドなおじさんである。髪の毛は刈《か》り揃《そろ》えたきれいな銀髪で、年齢の割にすらりとしたスタイルをしている。おでこが狭くてもみあげが長いのが子猿のように見えるので、生徒たちからは本名の「小林平吉《こばやしへいきち》」をもじって「モン吉さん」と呼ばれている。もちろん愛称であって、悪口ではない。

ケンの苗字が「猿渡」だから妙な仲間意識があるのか、モン吉さんはケンを見かけると、よく「おいサルケン」と声をかけてくる。クラスメートにも部活の仲間にも「サルケン」などと呼ばれたことはないが、モン吉さんはお構いなしだ。

「別に、なんも」

「部活はどうした」

「あー、うん。今日はちょっと、帰る」

辞めたと言うと、根掘り葉掘り聞かれそうで面倒だ。ケンは適当にごまかすことにした。

「帰るのはいいけどよ、ちゃんとカバン見とかねえと持ってかれちまうぞ」

「こんな汚《きった》ないバッグ、誰も持って行かないって」

「いるだろほら、なんだっけ。カイトウなんとか」

「怪盗インビジブル？」

「それだ」

まさかあ、とケンは苦笑する。

モン吉さんの言う「怪盗インビジブル」とは、いわゆる学校七不思議の一つだ。「北中七不思議」は随分前の先輩から脈々と引き継がれている噂《うわさ》話で、北中生なら誰しも一度は聞いたことがあるはずだ。

七不思議は、「夜に目が光る音楽室のバッハ」「闇の世界に引きずり込まれてしまうトイレの個室」「パソコンルームのディスプレイから出てくる髪の長い女」「七不思議の七つ目を知ると死ぬ」といった比較的ありがちなラインナップなのだが、その中で異彩を放っているのが「怪盗インビジブル」だ。

「怪盗インビジブル」は北中校舎に潜む〝怪盗〟で、知らない間に生徒のものを盗んでいく悪者だ。人によって話のバリエーションは様々だが、「学校の近所に住む変装の達人が教師に変装して学校に忍び込んでいる」「北中校舎に昔から住んでいる透明人間」「大事にしていた消しゴムを盗まれて自殺した男子の霊」という辺りが定説で、どれもこれも、ねーよ、と言ってしまいたくなるような話ばかりだ。

神出鬼没の「怪盗インビジブル」は、誰も気づかないうちに生徒の一番大事にしているものを盗んでいく。そして、ネコのイラストが描かれた黄色の付箋紙《ふせんし》を盗んだ証としてそっと残していくのだという。なんでネコなのかは、イマイチわからない。

もちろん、そんな荒唐無稽《こうとうむけい》な話を中三になっても信じているようなやつはまずいない。ただ、失くし物をしたときや忘れ物をしたときなど、教師や生徒の間で「怪盗インビジブルに盗られた」と表現することはよくあった。モン吉さんの言葉も、不用心なことをするな、くらいの意味だ。

「でも最近、校内で盗難が多いみたいだからな。気をつけろよ」

「はいはい」

「はいは一回でいいんだよ」

「盗難も気をつけなきゃだけど、火事にも気をつけてよ」

モン吉さんがケンの言葉の意味を理解するのには少々時間がかかったようだが、やがて、「ああ」と笑うと、咥《くわ》えているタバコをふかして、ぷかぷかと煙を吐いた。

「固いこと言うなって」

「最近の親、うるさいからね。バレたらクビになっちゃうよ」

「まあ、それでもいいさ」

もう定年だからな、と、モン吉さんがへらへら笑った。

3

顧問の伴田《はんだ》先生が体育館に姿を見せると、ダイスケたち三年生が、集合、と声を出す。パタパタと部員全員が集まってきて、よろしくお願いします、と挨拶《あいさつ》をした。一年から三年まで、全員並んで十一人。やっぱり今日も一人少ないままだ。

「猿渡は、やっぱり来ないのか」

練習前の軽いミーティングの後、伴田先生がダイスケに声をかけてきた。ダイスケは、はあ、と、あやふやな答えを返した。教室の前でのやり取りが頭に浮かんだが、そうみたいです、と事実を告げてしまうと、ケンの退部が正式に決まってしまう気がしたのだ。

「そうかあ。理由はなんだって?」

「その、卓球より受験が大事だから、って言ってました」

「まあ、そう言われちゃうとそうだけどな」

「確かに、そうなんですけどね」

おい、おまえまで辞めるなよ、と、先生が慌てた顔をする。

「なんかあったのか、あいつ。成績落ちたとか」

ダイスケは、うーん、と首を捻った。学年で成績上位のやつが落ちていくのなら焦《あせ》るのもなんとなくわかるものの、ケンの成績はもともと中の上くらいで、いまいちぱっとしない。ダイスケは今さらちょっと落ちたくらいで騒ぐ成績ではないと思うのだが、だからこそケンは焦ったのかもしれないな、とも思った。

「少し時間やれば戻ってきそうか」

「わかんないっす」

「そうか。まあ、この感じだと、戻ってこないかもしれんな」

先生が、ううむ、とうなる。そんなこと言うなよ、と思いながらも、心のどこかで、ダイスケもそう思ってしまう。

「じゃあ、ダイスケはシングルスで出すか、来月」

「え、は?」

シングルス、と言われて、ダイスケは驚いた。

来月の大会では、団体戦と個人戦が行われる。個人戦には、幼いころから地域の卓球クラブでみっちりやっていたような強豪選手がぞろぞろ出てくるので、中学に入ってから部活で練習しているだけのダイスケたちには勝ち目がない。北中卓球部のターゲットは、団体戦だ。

団体戦は、シングルスを二戦、ダブルスを一戦、そしてシングルス二戦という計五戦を六人一チームで戦い、先に三勝したチームが勝つ。ダイスケが今まで任されていたのは、三戦目のダブルスだ。仲のいいケンとのコンビがよくて、去年の秋の新人戦は部内唯一の全勝をしたからだった。全勝と言ってもチーム自体は三回戦で負けたので、三勝しただけなのだが。

本来、ダイスケもケンも、個々の実力で言えば部内でさほど上の方ではない。団体戦シングルスのレギュラーに入るのはまず無理で、補欠がギリギリ、というレベルだろう。だからこそ、ダイスケとケンは生き残りをかけて、ダブルスのコンビネーションを徹底的に磨《みが》き上げてきたのだ。

ケンがいなくなれば自分も価値を失う。ダイスケはそう考えていた。

「俺が、シングルスですか」

「そうだよ。最近、いい感じじゃないか。練習試合でも勝ててるしな」

中学三年に上がる少し前から、ダイスケの背は急激に伸びた。筋肉もついて、体格もよくなった。今まで届かなかった球にも手が届くようになったし、足腰に力がついたおかげで踏ん張りが利《き》くようになって、以前よりも強いフォアドライブが打てるようになった。一応、北中卓球部にも「エース」と呼ばれている同級生がいるが、最近は練習で対戦すると十回中三回くらいは勝てる。以前はほとんど勝てたことがなかったのだし、大きな進歩だ。

でも、シングルスで出るなんて、考えもしなかった。

「先生」

「おう、なんだ」

「それ、もうちょっと、待ってもらえませんか」

「うん？」

「戻ってくるかも、しれないですし」

伴田先生は少し考えるようなそぶりを見せたが、そうだな、と一言残し、ダイスケの肩を叩いていった。

4

ケンが腕時計を見ると、もう夜の十時を過ぎるところだった。塾を出て、駅前のロータリーに向かう。部活が終わった後の疲労感とはまた違う疲れに、じっとりとしたため息が出た。これから帰って、飯食って宿題して、と考えただけでも憂鬱《ゆううつ》になる。今すぐ布団を被りたい気分だ。

塾の小テストの結果は惨憺《さんたん》たるものだった。講師から手渡された答案には、勢いのあるバツが並んでいた。塾の授業は学校の授業などとっくの昔に追い越していて、すでに受験対策に入っている。ケンも土日に地元の小さな塾に通ってはいたものの、受験をメインにした進学塾の空気にはまだ慣れない。講師の話を理解しようとしてもついていけず、なかなか頭に入ってこないのだ。

まだ入ったばかりだし、といつまで言っていられるだろう。今回の小テストも、周りはほぼ満点を取っていた。このまま追いつけないいんじゃないか、と、ケンは不安で胸が潰《つぶ》れそうになった。

追いつけない。

その言葉と一緒に、夜の駅前の雑踏が遠くなっていく。耳の奥に残っていた音が、だんだんはっきりと聞こえてきた。

ラケットが球を打ち返す軽い音。

後輩たちの拍手、応援。

四月、三年生になって初めて迎えた部の練習試合で、ケンはいつものようにダイスケとダブルスを組んだ。試合は一進一退だった。ケンが前に出て再三スマッシュを打ち込むが、決まらない。力んだケンがネットにかける回数が増えていった。

ケンが渾身《こんしん》の力で打った球を、相手はいとも簡単に返してくる。今度こそ、と、上から叩きつけるようにケンが思い切りスマッシュを打つ。心地よい手応えがあったが、相手にコースを読まれていた。体勢を崩したケンの体に向かって、速いリターンが飛んでくる。

やべえ、と思った瞬間、目の前にダイスケの背中が滑《すべ》り込んできた。もともと瘦《や》せ型のチビで貧相な体だったダイスケだが、二年の中ごろから猛烈な勢いで身長が伸びた。今では、ケンより十五センチも背が高い。

こいつの背中、こんなにデカかったっけ?

驚くケンの前で、ダイスケが下半身にぐっと力をこめ、筋肉の陰影が濃くなった右腕を振り抜いた。ラケットが風を切る音とともに、ぱきん、という金属を叩いたような澄《す》んだ音がして、球が相手コートに吹っ飛んでいく。強烈な縦回転のかかったフォアハンドドライブ。ケンのスマッシュを難なく返してきた相手も一歩も動けず、球が体の横を駆《か》け抜けていくのを見送った。

よっしゃあ、と声を上げてガッツポーズをするダイスケ。振り返って、ケンとハイタッチをかわそうと手を上げる。その手はケンの遥《はる》か頭上にあって、少し背伸びをしないと届かない。

以前は、華奢《きゃしゃ》なダイスケよりもぽっちゃりしたケンの方が強い球を打っていた。相手の攻撃は器用なダイスケがストップし、相手がミスして浮いた球をケンが打ち抜く、というのが二人の必勝スタイルだったのだ。

だが、ダイスケが体格でケンに勝るようになると、ダイスケが攻撃に回ることが多くなった。その方が確かに一発の決定率は上がるのだが、もともと小技が得意ではないケンが今までのダイスケの役割を果たそうとしてミスを連発することが多くなった。

相手のサーブ。ダイスケがケンの前にポジションを取って、さあこい、と言うように構《かま》える。今まで何度も見てきたはずの光景なのに、ケンは自分だけがどんどん卓球台から遠ざかっていく気がした。なんならダイスケ一人でやっても、こいつらくらいになら勝てるんじゃねえか。そう思うほど、ダイスケの背中が遠くに見えた。

俺は――、俺は。

短いクラクションの音で、ケンは我に返った。白い車がするりと寄ってきて、駅前ロータリーの乗降場に立つケンの前に滑り込んだ。運転席に座るスーツ姿の父親が軽く右手を上げる。仕事帰りにそのままケンを迎えに来てくれたのだ。素早く助手席に乗り込み、シートベルトを締《し》める。

「どうだ?」

車が走り出すなり、父親が口を開いた。

「どうって」

「やっていけそうか?」

塾のことを言われているのだということは、説明されなくても当然わかる。だが、小テストのことはとても言える気がしなかった。ケンはさっき感じた不安を吐き出そうかとも思ったが、「たぶん大丈夫」と答えるだけにした。父親は微笑《ほほえ》むと、そうか、と前を向いたままうなずいた。

「ケンなら大丈夫さ」

「うん」

父親は、ケンに対していつも優しい。

正直、ケンは自分には取柄《とりえ》がなにもないと思っている。勉強は並みだし、運動も得意ではない。特技はないし、趣味もない。クラスでもさほど目立つ生徒ではないし、見た目も地味だ。なのに父親だけは、「ケンならできる」「やれば大丈夫」と、可能性を信じてくれる。上辺《うわべ》だけではなく、心底そう思ってくれているような気がする。

だがそれが、ケンにとっては息苦しかった。

自分の息子を信じたい父親の気持ちはわかるが、期待に応えるだけの力も才能も、ケンにはない。いつかがっかりされるのではないか。いつか見放されてしまうのではないか。そんな不安が先に立って、父親の目がだんだん見られなくなってきている。

卓球部を辞めると決めたのも、父親の何気ない一言が発端だった。三年生に進級して初めての中間テストの成績を見て、父親がぼそりと「このままだと第一志望は難しいんじゃないか」とつぶやいたのだ。

——部活続けるのも、ちょっと考えたほうがいいかもな。

言葉は、ケンではなく母親に向けられたものだった。でも、リビングにいたケンの耳にも聞こえているということはわかっていただろう。そこまでわざとらしいものではないにしても、間接的に話を聞かせようという気持ちはあったかもしれない。

——でも、せっかく三年生まで卓球頑張ったんだし。
——部活が楽しいのはいいんだろうけどなあ。
——もうすぐ最後の大会よ？　だって。
——とはいえ、高校受験である程度将来が決まっちゃうだろう。

ケンの意思が入らないまま、両親の会話が進んでいく。父親の言葉はぐさりと腹の奥に刺さった。今までずっと、大丈夫だと言ってくれていた父親が「難しい」というのだから、今の自分は相当ヤバいのだろう。なんとなく中学生生活を送っているけれど、入試の日、自分のそれまでを試される瞬間は必ず訪れる。

その時、一問目の問題がわからなかったら、どうしよう。

寄りかかるところが突然なくなってしまったような不安を感じて、ケンはそれから数日間、眠れなくなった。疲れて横になっても、真っ白な答案用紙とピクリとも動かない鉛筆のイメージに頭を支配されて、寝つけないのだ。結局、寝不足が祟《たた》って朝寝坊をし、遅刻までしてしまった。

部活を辞めて、進学塾に通いたい。

ケンは、自ら父親に向かってそう願い出た。父親は、そのほうがいい、とは言わなかったけれど、ケンの意思なら尊重する、と言った。


これで、いいんだ。


「勉強できる子は、きれいにノート取ってるだろう」

「ああ、うん。そうかも」

車の中では父親が話を続けていた。自分の経験談とか、勉強法について語ってくれている。けれど、なんとなく頭には入ってこなかった。脳が疲れていて、考えることを拒否しようとする。

「そういう技は、どんどん盗んで来いよ」

「盗んで?」

「そうだ。卓球やってた時だって、先輩の技を盗んだりしただろう」

「うん。動画とかも見た」

「勉強も同じだからな」

「そう、だね」

乾いた打球音。きれいな弧を描く、ダイスケのフォアドライブ。ケンは助手席に座ってうとうとしながら、あんなの盗もうとしたって無理だよ、と思っていた。

5

練習前、ウォーミングアップの三キロランニング。今日もケンは部活に来ていない。昨日のあれこれがあっても、卓球部員としてダイスケがやることは変わらない。ダイスケは、学校の敷地から少し離れた坂道を駆《か》け上がっていた。

別にタイムを計っているわけでもないのに、いつもよりも速い。なぜだろうか、などと考えるまでもなかった。いつもだったら後ろに真っ赤な顔をしたケンがいて、ふうふうと息を漏《も》らしている。ケンは持久走が得意ではない。だいたい坂がキツくなるこの辺で息が上がって、ちんたら歩き出す。ダイスケは一応走りながら速度を落とし、ケンのペースに合わせていたのだ。

今日は、速度をいくら上げても、さほど息は苦しくならない。もっと上げても大丈夫そうだった。ケンと一緒に走っていたとしたら、今頃、遥か彼方《かなた》に置いていくことになっているかもしれない。ペースを上げるダイスケに追いつけなくなったら、ケンは偉そうに、「行けよ」と言うだろう。真っ赤な顔で、ふうふう息をしながら。

いつの間にか、ダイスケとケンの間にはどうしようもない差が生まれていた。体力の差。体格差。いずれケンにもダイスケと同じように第二次性徴《せいちょう》が訪れて、ぐんと背が伸びるかもしれない。でも、どうやら中学最後の大会には間に合いそうになかった。

ケンは「ダイスケがシングルスで出場する」という可能性にいち早く気づいていたのかもしれない。そうなったら、ダブルスは当然解消だ。おそらくケンはメンバー外になるだろう。プライドの高いケンのことだ。試合に出られないと思って、やる気を失ったのかもしれない。


だとしたら、俺のせいかな。


ダイスケがケンと仲良くなったのは、一年生の時に同じクラスになったからだった。当時は背の順に並ぶとちょうど前後になっていて、話す機会がよくあった。どの部活に入るか決めていなかったダイスケを卓球部に誘ったのは、ケンだった。

ケンが卓球部を選んだのは、「地味なやつには卓球が似合うから」という自虐《じぎゃく》と偏見に満ちた理由だったが、ダイスケは軽い気持ちでその誘いにのった。初めてラケットを持ったド素人《しろうと》同士、下手くそなりに一生懸命練習した。

それから、卓球にのめり込むようになって、だんだん上手くなって。

ダイスケが卓球を続けてこられたのは、ケンのおかげという部分もある。それなのに自分がケンを追い出してしまったような気がして、ダイスケのもやもやは晴れなかった。昨日、伴田先生に「もう少し待って欲しい」と言ったのも、そういう負い目を背負い込むのが嫌だったからだ。

辞めるなんて言わずに俺とダブルスで出ようぜ、と、ケンに言うのは簡単なことだ。でも、言っていいことなのかはわからない。きっとケンだっていろいろ考えた上で退部という結論を出したのだ。慰留するべきか、ケンの意思を尊重するべきか。答えはどうしても見つからない。

考えごとをしながら走っているうちに、ゴールが見えてきた。緩《ゆる》やかなつづら折りの坂道の上にある、裏門。さすがにペースを上げ過ぎたのか、息が弾んでいた。人の少ない裏門を通り抜けて速度を緩め、立ち止まって膝《ひざ》に手を突いて息を整える。汗の粒が落ちていくのが見えた。

軽く咳《せ》き込みながら顔を上げる。学校の裏門から入ると、体育館裏の学校菜園の前に出る。一年生が理科の授業で植えた植物が、青々とした葉っぱを――。

「お、おい」

学校菜園のど真ん中に、見覚えのある背中があった。カッコイイと勘違いしているのか、変な着崩しかたをした制服姿。ややぽっちゃりとした体型。ケンがなぜこんなところにいるのかはわからなかったが、ダイスケは思わず声をかけた。ケンが、ゆっくりと振り返る。

「なにしてんの?」

ダイスケの問いに、ケンは呆然《ぼうぜん》としたまましばらく答えなかったが、やがて「別に」と一言答えた。そわそわしていて、目が丸くなっていて、あからさまに動揺が見て取れる。

「いや、別に、って顔してねえぞ」

うるせえな、というケンの返事には、まったく気が入っていなかった。

6

あれ? という違和感に襲われる。ケンが振り返ると、のんびりとした放課後の体育館裏という世界が、ほんの少しだけ変化していた。まるでクイズ番組で見る間違い探しのように、動きのない世界にわずかなほころびができている。

「うそでしょ？」

放課後、ケンはいつものように裏門に向かった。途中、カバンを地べたに置き、這《は》いつくばって体育館の通気窓から卓球部の練習風景を見る。のぞき見は、もはや日課になっていた。

下級生たちが卓球台の準備をしているところを少し眺《なが》め、俺がいなくてもちゃんとやってるな、と確認し終えてから再びカバンを持ち上げようと振り返った時だった。

あるはずのものが、なくなっている。

モン吉さんには「ちゃんとカバン見とけ」という警告をされていたが、三年間使い倒して汚くなっている上に、学校の教科書と塾の教材というダブルパンチで重量も増したカバンを持って行こうとするやつなどいるわけがないと思っていた。そしてその考えはきっと、間違いではない。現に、汚いカバンは置いた場所に、そのままの状態で残っている。

ケンの世界から消えたのは、卓球のラケットケースだ。

昨日、せっかく家に持ち帰ったのに、ケンはまたラケットケースを学校に持ってきてしまった。勉強疲れもあって、最近は朝すっきりと起きることができず、遅刻ギリギリの時間に飛び起きて、取るものも取りあえず家を飛び出すという日々が続いている。寝ぼけ頭で焦って準備をするせいか、着替える、カバンを担《かつ》ぐ、ラケットケースを引っ摑む、という体に染みついたルーチンからどうしても逃れられず、家を出て少しして、いらんもんを持ってきた、ということに気づく。戻って置いて来たら遅刻確定で、仕方なくまた学校に持ってくることになるのだ。

ラケットケースは小脇に抱えられるくらいの小さなもので、中にはラケットとピンポン球《ピンポール》、簡単なメンテナンスキットが入っている。カバンの上にぽんと載せて放置したのは確かに不用心かもしれないが、使い古された卓球ラケットを持っていくやつなんているだろうか。

「モン吉さん、冗談きつい」

またモン吉のいたずらか、と、ケンは誰もいない空間に向かって声をかけた。物陰からモン吉がにやにやしながら見ているのではないかと思ったのだ。が、ケンの声は体育館の壁に跳《は》ね返ってわずかに響いたものの、余韻《よいん》もなく空気に溶けた。誰も答えを返してはこなかった。

「モン吉さん？」

カバンを中心に、体育館裏をうろうろする。ケンは混乱したまま学校菜園の中に入り、途方に暮れた。ラケットがひとりでに動くわけがないし、風で吹っ飛ぶわけもない。うろうろ歩き回ったところで、見つかるはずがないのだ。なのに、なんで歩いてしまうのだろう。

「お、おい」

急に人の声が聞こえてきて、ケンは心臓が跳ね上がるのを感じた。振り返ると、顔中汗でびしょびしょになったダイスケが立っていた。

「なにしてんの？」

なにをしてるのかと聞かれると、むしろ、一体俺はなにをしているんだ？　とさらに混乱が深まってしまった。答えなければ、と焦った結果、「別に」という一言が口をついて出た。ほっといてくれ、というニュアンスを込めたつもりだったが、学校菜園の真ん中に一人で突っ立って「別になにもしていない」と言う友達がいたら、ケンでも、こいつ大丈夫か？　と心配になる。逆効果かもしれない、と思った時には遅かった。

「いや、別に、って顔してねえぞ」

「うるせえな」

案の定、と、ケンは手でこめかみを押さえた。ダイスケは「別になんでもないならいいけど」などとは言ってくれず、ずかずかと近づいてくる。いいから来るな、あっち行け、と思ったが、口には出せなかった。

「立ちション？」

「違うわ。んなわけねえだろ」

「女子に呼び出されたとか」

「元卓球部にそんなロマンスがあるわけねえだろうが」

「じゃあ、学校菜園なんかでなにしてんだよ」

「いや、その」

トマト食いたいなと思って。とっさに浮かんだ言い訳はそれだったが、まだ収穫には早すぎるし、第一、勝手にもいで食べたら普通に泥棒である。ケンは答えあぐねて、ちょっと探し物、と、ある程度本当のことを言った。

「なに探してんの？」

「別に、なんでもいいだろ」

「なんでもいいってことないだろ。探すの手伝ってやるよ」

「いやいいって。大したもんじゃないし。これから部活だろ」

「まだちょっと時間あるし。だから、なに探してるんだよ。言えよ」

ダイスケに言いたくはないが、人の善意というのはこういう時に退路を塞《ふさ》いでしまう。うるせえな、ほっとけよ、と無下にすることはできるものの、さすがにそれもどうかと思った。

「ケース」

「ケース？」

「ラケットの」

ラケットケース？　と、ダイスケが素《す》っ頓狂《とんきょう》な声を上げた。

「ヤバいじゃん」

「いやそうでもねえよ」

「中身入ってるんだろ？」

「そりゃ、ケースだけ持ち歩くバカいねえだろって」

「どこに置いといたんだよ」

「そこだけど」

ケンは、しぶしぶ自分のカバンを指さした。ダイスケが慌てた様子でカバンに近寄る。

「いや、たぶんモン吉さんのイタズラなんだって。だから、別に大騒ぎする話じゃなくてさ」

「おい、ケン」

「だから、まずモン吉さんを探せばいいんだと思うけど、今日どっかで見てないか？」

「ケン！　これ！」

ダイスケがケンのカバンを指しながら、なぜかわあわあと騒いでいる。なんだよ、と、ケンがわざと余裕を見せるようによたよた近づくと、ダイスケはカバンから小さな紙片を剥《は》がし、ケンの前に突きつけた。

「これ」

ダイスケの指先には付箋紙がくっついていた。まだ真新しいものだ。ケンはケースがなくなったことにそこそこ動揺していたのか、カバンに付箋が貼《は》られていることに気づいていなかった。

付箋紙の色は、黄色だ。

気が抜けそうな脱力系タッチで、ネコのイラストが描かれている。

「なあ、ケン、これって」

「おい、まさか」

——怪盗インビジブル。

ケンは、ダイスケと目を合わせたまま、軽く首を横に振った。二人とも同じことを考えたようだが、目に見えない泥棒が現実にいるわけもない。

「ねーよ」

「いやでも、うちの弟から聞いたんだけど、最近二年生のクラスで盗難が結構起きてるらしいぞ」

「それはまあ、聞いてるけど」

ダイスケの弟は、ケンたちより一個下の二年生だ。二年生のクラスを中心に、生徒の持ち物が盗まれるという事件が多発していることが全校周知されていた。

「どうせ誰かがこっそりパクってんだろ？」

「でも、弟が言うにはさ、付箋が残されてるらしいんだよ」

「付箋？」

「黄色の付箋。ネコのイラストが描いてある」

ダイスケが、ケンの右手の甲に付箋紙を貼りつける。ニャーン、とでも言っていそうな緊張感のまるでないネコの顔が、泥棒におちょくられているようで無性に腹立たしい。

「だから、モン吉さんがさ、きっと」

「モン吉さんの冗談だったら、もう出てきててもよくないか？」

「ダイスケが来て、出てきにくくなったのかもしれない」

「学校の職員がさ、冗談でも生徒のものを盗んだなんてことになったら、ヤバいことになるだろ」

最近の親、うるさいから。ダイスケが真剣な表情でケンを見る。その真剣さがひたひたとケンの中に染み込んできて、狐につままれたようなケンを、ゆっくりと現実に引き戻す。

「でも、あの人、校内で咥えタバコするような人だし」

「それとこれとはわけが違うだろ。タバコ吸うのは、非常識、でまだ済むかもしれないけど、物を盗っていったってなったら、もはや犯罪じゃん」

「じゃあ、誰がそんなことすんだよ」

「知るかよ。ケンが誰に恨まれてるかなんて」

恨まれてねえよ、と、ケンは反論する。

「まあ、俺も知らねえけど」

「探そう」

「探す？」

「卓球部でもないのに、あんなド派手なラケットケース持ってるやつがいたら目立つだろ。まだ校内にいるかもしれないし、見たやつがいるかもしれない」

「いや、無理だろもう」

「俺、自分のケース取ってくるからさ」

ケンのラケットケースは、一年生の時、入部してすぐにダイスケと一緒に買ったものだ。色こそ違うが、同じメーカーの、同じデザインのものを使っていた。ダイスケは、これと色違いのケースを持って歩いているやつを見なかったか、と、自分のケースを見せながら聞いて回るつもりらしい。

「いいって、もう」

「よくないだろ。物盗られてんのに」

「家に持ち帰ったところでさ、クローゼットの中で邪魔になるか、親にゴミに出されるかのどっちかだったし。正直、もう使わないんだし、なんだったら持って行ったやつに、よかったら使ってやってくれ、って言いたいわ」

「なんでだよ」

「なんでって、だってそうだろ」

「なんでだよ！」

ダイスケが声を張るのは珍しい。大きな声を出されて、ケンは思わず口をつぐんだ。声を出した本人も自分の声のボリュームに驚いたのか、ダイスケは唇をきっと結び、少し押し黙った。

「なんだよ、急にテンション上げんな」

「大事にしてたろ」

「え？」

「ケースはともかく、あのラケット、ずっと使ってたじゃん。使い込んで、手垢《てあか》で真っ黒になってたさ。あんなの、他のやつが使うかよ」

「それは」

「あのラケットは、ケンの、大事なもんだろ？」

ダイスケの声は、少し震えていた。怒ったのかもしれない。もしくは、ケンの言葉が悲しかったのかもしれないし、情けないと思ったのかもしれない。ケンは、なんでおまえが興奮してんだよ、と軽くいなそうとしたが、ダイスケの目を見ると、そういう態度も取れなくなった。

「大事って言ってもさ」

「怪盗インビジブル」

「ん？」

「どこまで信じるのかはこの際置いておくけど、怪盗インビジブルってのは、人が一番大事にしているものを盗んでいくんだろ?」

「それは、そういう設定にはなってるけど」

「盗ってったやつはふざけた模倣犯なんだろうけど、少なくとも怪盗インビジブルっぽくしてるってことは、そいつはケンの一番大事なものがラケットだって思ったんじゃねえのか?」


一番大事なもの。

いや、そこまでじゃ、ねえよ。


自分のラケット。ニスを塗ったり、ラバーの接着剤を変えてみたり。打つときに指に当たらないように削《けず》って、磨いて。でも、一番大事かって言われたら、ケンは、そんなこともないんじゃないかと思った。だって、もう使わないものだし。もうきっと、触ることもないんだろうし。

他に、「一番大事なもの」は、ぱっと思いつかないけれど。


一番かどうかは別として、大事なもの、っていうのはダイスケの言う通りかもしれない。最後まで続けることはできなかったけれど、あれは自分が本気でなにかに打ち込んだという証だ。

「早いとこ探そうぜ」

「あ、ああ、うん」

「もしかしたらさ、高校に入ってから使うかもしれないじゃん」

「いやまあ、それはわかんねえけど」

ケンとダイスケは、成績も志望校も違う。中学を卒業した後は、たぶん同じ高校に通うことはないだろう。ケンがダイスケと一緒に卓球をやることも、おそらく二度とない。

なのに、なんでこいつはこんなに一生懸命に。

ダイスケが、校舎に向かって走っていく。ケンも、汚くて重いカバンを担ぎ上げると、ダイスケの後を追った。

7

おい何時だ、と、隣に寝転んだケンが言う。ダイスケは、九時くらいじゃねえかな、と適当に答えた。二人で寝転んでいたのは、体育館のステージの上だ。時計を見るためには、起き上がってステージ横の壁掛け時計を見上げなければいけない。だが、立ち上がって時計が見える位置まで這い出していく気力はもうなかった。

卓球部の練習はとっくに終わっていて、ステージの上はすっかり片づいていた。フロアでは、強豪の男子バスケ部が卓球部とは比較にならないハードな練習をこなしている。顧問の容赦《ようしゃ》ない怒号が飛ぶ。卓球部は平和だな、と思ってしまう。

結果の話をすると、ケンのラケットケースは見つからなかった。校舎内を走り回り、残っていた生徒や教師に尋ねて回ったが、見たという人はいなかった。例の怪盗騒ぎか、と、教師たちは眉をひそめたが、忙しいのか、一緒に探してはくれなかった。

校内に犯人はもういない、と判断した後は、近隣を当たった。学校の周りを走り回り、下校する生徒の持ち物に目を光らせる。近場のコンビニや個人商店に行ってダイスケのラケットケースを見せ、同じようなケースを持っている人がいたら連絡が欲しい、と、携帯の番号を伝えた。

走り回っているうちに陽が落ちて、夜になった。

二人とも汗みどろになって探したものの、手掛かりすら摑むことはできなかった。できるとしたら、後は伴田先生に事情を話して対処してもらうか、ケンの親を通して警察に被害届を出すことくらいだろう。でも、これだけなにも手掛かりがない状態では警察だってなにもできそうにない。最終的に、「辞めるなら、別になくてもいいんじゃないの?」と言われて終わる気がした。

「ケン、塾は?」

「今から間に合うわけねえだろ。着いた頃には終わってる」

親になんて言おう、と、ケンが寝ながら頭を抱えた。連絡してねえのかよ、とダイスケがツッコむと、そんなヒマなかっただろ、と言い返された。

「なんかさ」

「ん?」

「こうしてると、一年の頃を思い出すな」

天井を見上げながら、ダイスケは少しセンチメンタリズムというやつに浸《ひた》っていた。背中に感じる床の硬さが、なんだか切ない気分にさせる。

「そうだな、って言いたいところだけど」

「うん」

「一年の時、こんなことしてねえから」

「そういうこと言うなよ」

ダイスケは起き上がると、無粋なやつだ、とため息をついた。ぽっちゃりしたケンの腹が、膨《ふく》らんだりしぼんだりしていて笑えた。

「おいケン」

「なんだよ、元気だなおまえは」

「引退試合やろうぜ」

「引退試合？　なんだそりゃ」

「野球とかサッカーでやるだろ。引退する選手が、最後に試合するやつ」

マジで言ってんのかよ、と、ケンが泣き言をいう。ダイスケは立ち上がると、うん、と伸びをし、足首を伸ばすストレッチを始めた。

「本気かよ」

「本気だよ」

「俺には、ブランクがあんだぞ」

「一週間くらいで変わるわけないだろ。トップアスリートじゃあるまいし」

「それに、一番大事なものがない」

「大事なもの？」

あ、ラケットか、と、ダイスケはうなずいた。ステージ袖に転がしてある荷物の中から自分のラケットケースを拾い上げると、予備用のラケットを一つ、寝転んだケンの腹の上に載せた。

「貸してやるよ」

「使い慣れてないし、ラバーも違うし、これじゃハンデマッチじゃねえか」

「ラケットはしょうがないだろ。贅沢《ぜいたく》言うなよ」

後輩たちがせっかく片づけた卓球台を引っ張り出し、組み上げる。普段はステージ上に二面設置するが、ど真ん中に一面だけだと、なんだか本気の試合のような特別感が出た。ステージの照明を入れ、球がフロアに転がっていかないように、仕切りネットを引く。一年生の時に、二人でさんざんやってきたことだ。三年になっても、動きを体が覚えている。

「一ゲーム十一点、三ゲーム先取の五ゲームマッチな」

「おいおい、ガチ過ぎだろ」

ダイスケが試合ルールを決めると、ケンがいかにもダルい、といった様子で反対側のコートに立った。ジャンケンをして、先攻後攻を決める。先にサーブを打つのはケンだ。

持ち手がしっくりこないのか、ケンは少し手元を気にしていた。だが、やがて少し低く構え、慣れた動きでサーブを打つ。台の端を狙ってくる、速いロングサーブ。ケンの得意なサーブだ。ダイスケがバックハンドでレシーブする。ケンが再びバックハンド側に返してきたところを回り込み、フォアで打つ。ケンのラケットは空を切り、すんなりとダイスケに一点が入った。

「まだ目が慣れない」

「たかが一週間でどれだけ老化したんだよ」

ケンの言い訳をダイスケが潰す。やる気のない、言い訳だらけの相手とやったってつまらない。

だが、ケンのいう「ブランク」はあながち嘘でもないのか、いまいちラリーが続かない。ダイスケの攻撃が面白いように決まって、あっという間に五連続で点が入った。本気でやれよな、と、ダイスケが釘を刺すと、ケンは少しイラついた様子で、やってる、と吐き捨てた。試合中にかっかしてくるのは、ケンの悪い癖《くせ》だ。だがそれは同時に、本気だという証でもある。

ケンのサーブ。今度は少しラリーが続く。チャンスと見て、ダイスケは強い球を打ち返した。決まった、と思ったが、ケンがコースに入っていた。

ラケットが風を切る音。そして、金属を叩いたような、ぱきん、という高い音。ケンの手元から、それまでとは明らかに球質の違う球が飛んできた。

強烈な縦回転。フォアドライブ。

打ち返そうとするものの、球が速くてとても追いつけなかった。ケンがこんなに強い球打てたっけ？　と、ダイスケが首をかしげる。

「やるじゃん」

「ああ、まあな」

今度は、ダイスケのサーブ。拾い上げた球に息を吹きかけて汗を飛ばす。どう打ってやろうか。ピリピリした緊張感がたまらない。縦に横に、いろいろな回転を与えてサーブを打ってみるが、ケンが予想以上にいいリターンをしてくる。幸先《さいさき》よく五連続得点をしたのにじわじわと追い上げられて、いつの間にかシーソーゲームになっていた。

「なんだよ、ブランクどころか、上手くなってんじゃねえか」

「そうか？」

「練習してたんだろ、家で」

「してねえよ」

ずいぶん競り合ったものの、それでも、第一ゲームは十一対九でなんとかダイスケが勝った。だが、ゲームを先取したという喜びより、ケンの球への驚きが大きかった。一週間前には見たことがない、エグい回転のかかったドライブが何発か飛んできたのだ。

もっとも、驚いたのはダイスケだけではないようだった。ケン自身も、自分で打っておいて何度も首を捻っていた。

「おい、ダイスケ」

「うん？」

「ラバー変えた？」

「変えた。自分が打つ球が変わってきたし」

「どこのやつ？」

数ヵ月前から新しく使い始めたラバーのメーカーや厚さ、硬さを伝えると、ケンは「ふうん」とうなずきながら、ダイスケのラケットを何度も撫《な》でていた。

「いいな、このラバー」

「そう？」

ケンの鼻の穴がぷくんと膨らみ、にやりと笑った。さては、こいつ調子に乗ってるな、と、ダイスケはこっそりと笑った。

ケンがこれだけ打てるなら、今までよりももっと面白いことができる。ダブルスを組んだら、北中卓球部創部以来の悲願である、「地区大会二日目まで生き残る」が達成できるのではないかという気がした。強豪校には鼻で笑われる目標かもしれないが。

「おい、さっさと次やろうぜ」

ケンが反対側のコートに移って、素振りを始めている。どうみてもやる気満々だ。

「なんだよ、急にやる気出すなよ」

「本気でやれって言ったのお前だろ」

「いや、そうだけど」

「次は、俺が取るからな」

ケンが、カッコつけながら球を軽く打って寄越した。第二ゲーム、サーブはダイスケからだ。

「なあ」

「うん？」

「楽しいだろ、卓球」

ダイスケの問いかけに、ケンは少しの間、言葉を返してこなかった。

「まあ、なんの役にも立たないけどな」

ひねくれてんな、と笑いながら、ダイスケは球を高々と投げ上げた。まずは一本。目の前にいるのは、今までで一番強いケンだ。

intermedio

「おや、見つかったんですか」

校長の皆藤真治《かいとうまさはる》が職員室に入ると、一年担任で男子卓球部顧問の伴田先生が、卓球のラケットを入れるケースを開けて中を確かめていた。十日ほど前に、卓球部の生徒がラケットの盗難にあったという報告は受けていた。今年に入ってから、北中では生徒の持ち物が盗まれるという事件が相次いでいる。北中に赴任したての真治には、頭の痛い問題だった。

「いやあ、それがよお」

用務員、もとい学校主事の小林さんが、真治に向かって首を振る。どうやら、ラケットケースを見つけたのは小林さんであったようだ。

「なにか問題が？」

「ああ、中身がねえもんでな」

なるほど、と、真治は伴田先生の手元を覗き込んだ。確かに、ラケットを入れていたであろうケースはあるのだが、肝心の中身は空っぽだ。

「犯人は、卓球のラケットが欲しかったんでしょうか」

「どうですかねえ」

伴田先生が、ううむ、と唸《うな》りながら首を捻る。

「あんなラケット持っていって、どうしようっていうのか」

「あんな？」

「猿渡、って、ラケットの持ち主の生徒なんですがね。あいつはちょっと試合で勝てないとすぐラケットのせいにして削ったりなんだりするもんで、もう使いものにならんでしょう」

サルケンらしい、と、小林さんが大笑いする。小林さんは件《くだん》の生徒とよく話をする仲のようだ。

「でもよ、サルケンのやつ、困ってねえのか」

「まあ、新しいラケット買ったみたいですわ」

「今さら新しいラケットで大丈夫かよ」

「前のラケットが合ってなかったのでね。かえって調子が上がって、いい感じですよ、今」

小林さんが、伴田先生の言葉を聞いてにやりと笑った。

「伴田先生、そういう、ラケットが合ってる合ってないってのは、見てわかるものなんですか？」

真治が、素朴《そぼく》な質問をぶつける。学生時代は写真部だった真治は、卓球とは無縁だ。

「ある程度はわかりますねえ。あいつは力いっぱい打ち込むことしかできないのに、柔らかいのを貼ってましたからね。硬くて厚めのラバー貼った方が、持ち味が出るんですよ」

「ゴムを貼り替えるだけで、そんなに変わりますか」

「ものによっちゃ、かなり変わりますよ」

さすが元国体選手、と、小林がおだてる。伴田は、昔の話です、と謙遜《けんそん》した。

「教えてやりゃあいいじゃねえか、わかってんなら」

サルケンがかわいそうだろ、と、小林さんが口を尖らせた。

「いやあ、私も古い人間ですからね。こういうのは、目で盗め、って思うタイプなんですよ」

「寿司屋じゃねえんだからよ」

「オリンピック選手育てるわけじゃないですし、生徒の気づきが大事ですから。なんでもかんでも与えてやるのは、ためになりませんからね」

「そういうもんか」

じゃあ、カイトウさまさまだったな、と、小林さんが真治を見て笑った。

IN IB E

the
phantom
thief

CASE 2

1

白井《しらい》メイミは台所で夕飯の支度をする母親に向かって、ねえー、おかあさんー、とねちっこく呼びかけた。母親は流しの水の勢いをわざと強くして、メイミの声を掻き消そうとする。負けてたまるか、と、メイミは声を張り上げた。

「なによ、うるっさい」

「ねえ、いいじゃん」

「だめだってば」

「なんでだめなの？」

「まだ早い、って何回言ったらわかんの？」

メイミが母親に食い下がっているのは、十三歳の誕生日のプレゼントのことだ。欲しいものがあるのかと聞かれて、メイミは迷わず「iPhone」と答えたのだが、「スマホはまだ早い」の一言で却下されてしまった。いつもはメイミに甘い父親も、珍しく母親と結託《けったく》して首を縦に振ってくれない。

「早いって、だってもう中学入ったんだし」

「それが早いって言ってんの」

「じゃあ、いつになったらいいの？　中二？」

「高校に合格したら」

「いや、ウソでしょ？　遅すぎるって、そんなの」

母親はメイミの言い分を聞こうとすらせず、はいはい、と聞き流す。はいはい、ではない。メイミにとっては目の前の大問題である。

「だって、みんな持ってるのに」

「それは嘘。持ってる子もいるけど、あんたのクラスの半分くらいでしょ。ちゃんとね、他のママからリサーチしてるんだから」

「絶対、半分ってことないから。もっといるって。八割くらい」

「あんただって持ってるじゃない」

「いまどき、あんなの持ってる子いないって」

メイミが親から持たされているのは、母親が以前使っていた旧式の携帯電話《ガラケー》だ。あちこち傷や剝げがあってかわいくないし、機能も限られている。正直、家族との連絡用に持っているだけで、使い道はほとんどなかった。

「どっちにしたって、よその家の子のことは関係ないからね。よそはよそ。うちはうち」

「それ、よく言うけどさ、制服だってみんな着てるから着てるわけじゃん。よその家関係ないから私服で行く、って言ってもいいわけ？」

「制服は校則で決まってるでしょ。スマホは学校に持ってきなさいとは言われていません」

ぐう、と、メイミが喉を鳴らす。なにか理由をつけて母親を説得しないといけないのに、見事に論破されてしまった。次にどこから攻めようか、と頭の中で戦略を練る。

「だいたい、いらないでしょ、あんたの歳で」

メイミの考えがまとまる前に、母親が攻めてくる。防戦になると、口達者な母親に言い負かされてしまう。

「いるってば。いるいる。必須」

「じゃあ、なんに使うのか言ってみなさいよ」

「家族と連絡がすぐ取れる。ほら、最近、地震とか多いし」

「普通の携帯電話で十分」

「アプリ使ったら、通話も無料だよ?」

「どうせちょっとしか電話なんかしないんだから、基本契約料を考えたら今のままが安上がり」

「スケジュールとか、勉強とか、アプリでできる。辞書も使える」

「ペンとメモ帳なら買ってあげる。辞書もね」

「そういうのが、全部一個でできるんだって。いちいち持つの重いじゃん」

「だいたいね、あんたそういう調子いいこと言って、絶対勉強なんかしないんだから。ゲームとかカメラとかそんなのばっかりで」

「そんなことない」

「今までにそういう姿勢を見せてこなかったんだから、口先だけでなに言ってもだめよ。まず勉強して見せてから言ってちょうだい」

「するってば。するする。約束」

「とにかく、なんと言われてもだめなものはだめ」

必要な理由はなんだと聞いてきておきながら、母親はメイミの言い分をまともに聞く気はさらさらないように見えた。最初から「だめ」と決めつけてかかっていて、きっとメイミがどれだけちゃんとした理由を並べても「だめ」で押し通す気なのだ。

そんなの、おかしい。

最初は、ゴネればそのうちなんとかなるのではないかと思っていたし、だめと言われるのもちょっと不満、という程度だった。でもここまで頭ごなしに否定をされると、「欲しい」という気持ちが膨らんで、なんとしても手に入れなければ収まらない、という気分になってくる。

「じゃあさ、それでもしクラスでいじめられるようになったら、責任取ってくれるわけ」

「いじめ？　なんでいじめになるのよ」

「今の子はさ、みんなこういうのでコミュニケーション取ってるの。アプリとか、ＳＮＳとか。私だけずっと持たしてもらえなかったらさ、どんどんクラスで孤立しちゃうじゃん」

そんなの、と、母親は鼻で笑った。

「毎日会ってるんだから、直接話をしたらいいことでしょ」

「口で言えないことだってあるじゃん」

「じゃあ、お手紙でもなんでも書いたらいいじゃないの」

そういうことじゃないんだってば！　と、メイミは声を荒らげた。

「お母さんの頃と、時代が違うんだって」

「失礼しちゃう。言うほど変わんないから」

「冗談で言ってんじゃないの！」

メイミが大きな声を出すと、それまでのらりくらりとメイミの言葉をかわしていた母親の顔色が変わった。

「大きな声出さないで」

「こっちだって大きな声出したくないけど、お母さんが思ってるほど簡単じゃないんだから！」

「いじめだなんだって大げさなのよ。そんなのね、スマホがどうとかいう問題じゃないでしょ」

「そういう問題なの！」

「スマホ持ってないくらいで仲間外れにするような子なんてね、最初から友達でもなんでもないじゃない」

メイミは、もういい！　と一言怒鳴ると、キッチンに背を向けた。「じゃあ、誕生日プレゼントはいらないのね」という、母親の皮肉が後ろから飛んでくる。メイミは答える代わりに、リビングのドアを思い切り蹴飛ばして部屋を出た。

2

授業の終わりのチャイムが鳴って、休み時間に入る。先生が教室を出ていくと、一斉に人が動き出す。黒板にいたずら書きを始める男子たち。数人で固まってトイレに向かう女子。教室だけでなく、フロア全体が人の声で溢《あふ》れ、ざわざわという不愉快な音を作る。メイミはいつも教室の一番後ろにある自席に座ったまま、ぼんやりと休み時間の風景を見ている。

ぼんやりと見ている、は嘘かもしれない。

メイミの目は、少し離れた席に座る女子の背中に吸い寄せられている。

本田《ほんだ》セイラ。小学校の頃からの親友だ。


セイラは図書室で借りてきた本を読んでいることが多い。メイミと同じように、がやがやと騒がしい教室の空気には溶《と》け込まず、自分の世界の中にいる。

セイラは今、なにを考えているのだろう。

突然、セイラの背中がぴくんと動いた。本を読む手を少し止めて、机の中に入れてあったスマホを取り出し、慣れた手つきで操作をする。メイミの位置からはセイラの手元まではよく見えないが、おそらくはメッセージアプリで誰かと会話しているのだろう。

セイラが顔を上げ、廊下に向かって手を振る。すぐに数名の女子がセイラの机を取り囲むようにして集まった。ヒトミと、ルイ、そしてアイ。クラスの中では比較的派手な女子たちだ。

メイミは、彼女たちから距離を置くことにしていた。とにかく騒がしいし、あのノリにはどうもついて行けそうにないからだ。好きか嫌いかで言えば、もちろん嫌いだ。友達になりたいとも思わない。向こうは向こうで空気を察しているのか、メイミに近づいて来ようとしなかった。

けれど、中学に入ってから、セイラはメイミよりもあの三人とよく話をしている。落ち着いていて知的なセイラと、きゃいきゃいとやかましいだけの三人はまるで合わないように見えるのに、休み時間の度にヒトミたちがセイラの周りに壁を作って独占する。

「泥棒」

無二の親友を奪っていった三人に向かって、メイミは声を出さずに悪態をつく。もちろん、それで気持ちが晴れるわけでもない。

どうしてこうなっちゃったんだろう。

そう考える度に目が行くのが、セイラの手元にあるiPhoneだ。セイラも含め、ヒトミ、ルイ、アイの三人も同じものを持っている。メッセージアプリを使って、下校した後や休日もコミュニケーションを取り合っているらしい。休み時間だけしか話す時間がないメイミに比べると、三人がセイラと話している時間は圧倒的に長い。きっと、その間にメイミのことを悪く言っているのだろう。セイラが離れていくのは、そのせいに違いない。

事態を打開するには、メイミもiPhoneを持つしかなかった。セイラともっと頻繁に繋《つな》がることができれば、誤解も解けるし、セイラの本音も聞き出せる。あの「友達泥棒」たちから、セイラを奪《うば》い返すことだってできるはずだ。

なのに、母親はメイミの切迫した状況を全然理解してくれない。

――スマホ持ってないくらいで仲間外れにするような子なんてね

――最初から友達でもなんでもないじゃない

親友だと思っているセイラが友達ですらなかったとしたら、メイミは完全に孤立しているということになってしまう。クラスで孤立してしまったら、あとたっぷり三年も残っている中学校生活はただの地獄だ。

セイラは今、なにを考えているのだろう。もう一度、メイミがセイラの背中に視線を送ると、ようやくセイラの周りからヒトミたちが離れて行くところだった。メイミは不安に突き動かされるまま席を立ち、本を開いて自分の世界に戻ろうとするセイラに近づいた。

「やっほ」

「わ、びっくりした」

メイミはできるだけ自然に声をかけたつもりだったが、動揺のせいか予想以上に声を張ってしまった。再び本を手にしていたセイラが、驚いた様子で振り返る。

「どしたの？」

「いや、別に用事とかはないんだけど」

「うん」

セイラは、いつもと変わらないようにも見えるし、いつもよりよそよそしくも見えた。自分から声をかけておいて、メイミは話すことをなにも用意していなかったことに気づいた。小学校の時は考えもせずにあれだけしゃべることができていたのに、今はセイラに見つめられただけで頭の中が真っ白になる。

「さっきさ、ヒトミたちと話してたけど」

とっさに出てきたのは、やっぱり心に引っかかっていたことだった。言っていいのか悪いのか、頭が判断する前に言葉が外に出る。

「ああ、うん」

「なんの話してたの？」

「んー、なんのってこともないけど、臨海学校どうする？　みたいな話」

ずきん、と、メイミの胸が疼《うず》いた。もうすぐ臨海学校のグループ決めがあることを忘れていた。先生の話によると、男子女子それぞれが「四人一組」のグループになって、男女八人で一班を作ることになるらしい。もしセイラがヒトミたちとグループを組んだら、その時点で「四人一組」が完成してしまう。メイミの立ち位置は微妙だ。セイラと一緒になれなければ、おそらくはグループに入れなかった子たちが集まる「余りものグループ」に行くことになる。ほとんど話したことのない子たちと同じ部屋に泊まらなければいけないのは苦痛だし、なにより自分が「余りもの」になってしまったという屈辱に堪《た》えられそうにない。

四人一組を作ってください、という担任の声。次々に班が出来上がっていく中、一人でおろおろと立ち尽くすメイミ。セイラはメイミのことなど気にもかけず、ヒトミたちの輪に加わる。目の前にありありと浮かぶ悪夢に、メイミは言葉を失った。セイラは誰と組むの？　と確かめたいが、どうしても言い出せない。ヒトミたちと組むって決まってるんだ。ごめんね。そう言われてしまったら、もう終わりだ。

なんとか勇気を振り絞って、セイラと組みたい、という話を切り出そうとする。その瞬間、机の上に置きっぱなしになっていたセイラのスマホが振動して音を立てた。セイラはメイミから視線を外し、スマホを手に取る。メイミが横を向くと、ヒトミがスマホを手にしているのが見えた。きっと、「メイミは無視した方がいい」とセイラに吹き込んでいるのだ。

自分のことはそっちのけでスマホを手にしたセイラを見ているうちに、メイミは自分でも驚くほど手が震えた。怒り、失望、緊張、嫉妬《しっと》。いろんな感情がないまぜになって、メイミの心と体を混乱させている。

「大事なんだ、それ」

「え？　ああ、ううん。そんなことないよ」

「でも、気をつけたほうがいいと思うな」

「気をつける？」

「そのうち、盗まれるよ」


——怪盗インビジブルに。

自分が無視された不快感を込めた捨て台詞《ぜりふ》のつもりだったのだが、セイラは冗談だと受け取ったのか、軽く「大丈夫じゃないかな」と返してきた。メイミは、皮肉を言っている場合じゃない、と言葉を続けようとしたが、ちょうど休み時間終了のチャイムが鳴った。セイラはにこやかに、また後でね、とほほ笑んだ。

3

あれから、一週間があっという間に過ぎて行った。

その間ずっと、メイミはiPhone購入の交渉を続けていたが、無駄だった。両親は頑《がん》として譲らず、メイミの話は最後まで聞いてももらえなかった。どうやら、メイミのいないところで話し合いをして「買わない」という方針を決めていたらしい。一度決めると、オトナは絶対に譲らなくなる。自分で考えることを放棄して、頭が凝《こ》り固まるからだ。

朝、母親に追い出されるようにしてメイミが自宅の玄関を出ると、じとじととした雨が降っていた。ただでさえ気分が沈んでいるのに、なおのこと憂鬱になる。ため息をつきながら傘を差し、誰も歩いていない通学路を一人でとぼとぼと歩く。

もうすでに、始業時刻は過ぎていた。今日は朝から頭が痛いと言って布団にもぐりこんでいたのだが、仮病だと決めつける母親に叩き起こされ、むりやり放り出されたのだ。熱があるわけでも風邪を引いたわけでもないから仮病と言われればそれまでだけれど、頭がずしんと痛むのは本当だ。

朝のホームルームの時間は、来月の臨海学校のグループ分けをすることになっていた。きっと、もう終わっている頃だろう。

メイミは、グループ分けから逃げた。

セイラが目の前でヒトミたちのところに行くのを見てしまったら、堪えられる気がしなかった。きっと、みんなの前で泣き崩れてしまう。そんな醜態をさらすくらいなら、すべてを人任せにして逃げてしまった方がマシだと思った。

考え事をしながら歩いているうちに、セイラの家の近くを通りかかっていた。小学校の頃、セイラの通学路はメイミの家の前を通っていた。メイミはいつも、家の前でセイラが来るのを待って、一緒に登校していた。それが、中学校に入ると、メイミがセイラを追いかけるルートに変わった。元々、友達と一緒に登校すること自体に執着しないセイラは、メイミがしたように、家の前で待っていてはくれなかった。メイミがセイラと過ごす時間は減り、周囲に仲のよさをアピールする最大のポイントも失ってしまった。

メイミがこの辺りに引っ越してきたのは、小学五年生の時だ。新しい小学校に転校して右も左もわからないメイミに、初めて声をかけてくれたのがセイラだった。セイラは物静かで口数はあまり多くないものの、いろいろ細やかな気遣いをしてくれた。同い年なのに、メイミよりもずっとしっかりしている。一人っ子のメイミはまるで姉ができたような気持ちになって、セイラにいつもくっついて歩くようになった。

ただ「一緒にいる時間が長い」というだけのことを、メイミは「仲がいい」と勘違いしていたのだろうか。親友だと思っていたのはメイミだけで、セイラにはそのつもりがなかったのかもしれない。

そう考えただけで、涙が出そうなくらい惨《みじ》めな気持ちになった。

メイミの家から中学校までは徒歩で十五分ほどだ。ゆっくり歩いたつもりだが、見慣れた道の先に学校の正門が見えてきてしまった。九時を過ぎると、外部からの侵入者を防ぐために門は閉じられ、施錠《せじょう》される。門の横の通用口の前に立って、メイミはインターホンを押した。遅刻した場合、カメラの前でクラスと氏名を伝えないと入れてもらえない。

「おう、なんか用か」

インターホンから、ぶっきらぼうな声が聞こえてきた。こんな話し方をする先生はいない。たぶん先生が全員授業で出払ってしまっていて、学校主事の小林さんが代わりに出たのだ。小林さんは北中に随分昔からいる主事さんらしいのだが、キャラクターのクセが強くて、メイミは苦手だった。

「一年四組の白井です」

「遅刻か?」

「朝、ちょっと具合が悪くて」

「そうか、ちょっと待ってな」

ういん、という機械的な音がして、通用口のロックが解除される。メイミは傘をすぼめて狭い通用口を通り、学校の敷地内に入った。校庭越しに、体育館が見える。メイミは思わず、あ、と声をあげた。今日の一時間目は、そういえば体育だった。今のうちに誰もいない教室に入ってしまえば、みんなの注目を浴びずに済む。

急いで昇降口から中に入り、階段を駆け上がって教室に急ぐ。教室の後ろの扉を開けると、誰もいないがらんとした空間がそこにあった。脱いだ制服が無造作に積み上げられた男子の席。女子は別部屋で着替えるので、各列の片側だけ机がいつものままだ。

静かな教室は、まるで異世界のようだった。この世界は現実ではない別の世界で、今のメイミは、本当のメイミではない。このままチャイムが鳴ったら、ふっと元の世界で目覚めるかもしれない。そこではきっと、今まで通りセイラと一緒にいる自分がいる。

そう思いたかった。

教室の一番後ろの自席に座る。椅子《いす》を引きずる音が怖いくらい響いた。体の緊張を少し解いて、ふう、と息をつくと、正面の黒板が目に入った。ホームルームの後、急いで体育館に移動しなければならなかったのかもしれない。黒板に書かれた文字が、消されずに残っていた。

思わず、目を伏せる。一班、二班、という文字と一緒に、数名の名前が網膜に焼きついていた。黒板に書かれていたのは、臨海学校のグループ分けの結果だ。どきんどきん、というのを通り越して、胸がずきんずきんと痛む。覚悟しているとはいえ、やっぱり現実を見せつけられるのは怖かった。うつむいたまま、メイミは何度か大きく息を吐いた。

席を立ち、下を向いたまま黒板に近づく。机と机の間を真っすぐ歩くと、ちょうどセイラの机の横に立つことになった。もしかしたら、セイラが同じグループになってくれているかもしれない。そうだ、きっとそうに違いない。

激しく胸を叩く心臓をなだめながら、メイミはゆっくりと顔を上げた。一班、と書かれた字の横に、生徒が自分で書いたと思われる名前が並んでいる。メイミの名前もセイラの名前もない。一歩下がって、黒板が見渡せる位置に立つ。文字がたくさん並んでいても、大人っぽいセイラの字はすぐにわかった。「本田」と書かれた字の上には、三人の名前が並んでいる。

そこに、「白井」という文字はなかった。

三班と書かれた場所、男子の名前の横に、ヒトミ、ルイ、アイ、そしてセイラの苗字が書かれている。「白井」という字は四班の最後にあった。先生が書いたのだろう。男っぽい字が、女子の列の中でひどく浮いていた。

「だよね」

わかってたことじゃん、と、納得しようとしたが、目の奥から涙がせり上がってきて、こぼれ落ちそうになった。グループ分け始め！という先生の号令。生徒たちが騒ぎながら集団を作り、四人集まったところから黒板に名前を書いていくさまが目に浮かんだ。ヒトミたち三人の後に続いてセイラは自分の名前を書き、三班の構成が決まる。

誰にも顧みられることがなかったメイミの名前は、最後、先生の手で書き加えられた。これでいいな？という問いに、誰も異論を唱えない。

呆然と黒板を眺めていると、急にガタガタという音が響いて息が止まりそうになった。何の音だろうと周りを見回す。音の出どころはすぐにわかった。セイラの机の引き出しの中に、淡い光が浮かんでいるのが見える。スマホだ。なにか通知でも来たのかもしれない。

「ふざけないでよ」
メイミはなぜか、セイラのスマホに笑われているような気がした。情けな。ダッサ。いつまで友達ヅラしてる気？　もうとっくに終わってるのに。続けざまに鳴動するバイブレーションが、ケタケタと耳障《みみざわ》りな笑い声をあげる。それまで胸を押しつぶそうとしていた悲しさが、ふわっとガスのように広がって、一瞬のうちに火が点いた。体の底から例えようのない怒りが湧《わ》いてくる。

なんで、セイラは変わってしまったの？
ケンカしたことなんか、一度もないのに。
私は、なにもしてないのに。

またセイラの机の中でスマホが躍《おど》り、不愉快な笑い声を立てた。うるさいな！　と、メイミは思わず机の中に手を突っ込んで、スマホを摑み出した。手の中に収まる本体をぎゅっと握ると、怒りの底に違う感情が浮かんできて、じわりと熱を発した。

こんなものが、あるから。

ぞわり、と、二の腕に鳥肌が立った。そうだ。こんなものがなければ、セイラはヒトミたちとなんか繫がらなかった。
メイミはしばらくセイラのスマホを握りしめたまま立ち尽くしていた。みんなが授業から戻ってくるまでは、まだ二十分以上ある。その間に、捨てるか隠すかしてしまうことだってできる。教室には誰もいない。廊下にも誰もいない。メイミは自分の席に急ぎ足で戻ると、スクールバッグの奥、一番わかりにくいポケットにスマホを突っ込んだ。そのまま肩にかけ、教室から外に出ようとしたが、思い直して一旦戻る。

教室を出ようとしたとき、先生の机の脇に置かれた学級備品の置き場が視界に入った。セロハンテープやガムテープ、木工用ボンド、大きなステープラー。そして、色とりどりの付箋紙。

メイミは近づいて黄色の付箋を一枚めくると、自分のクセが出ないようにネコの顔の形を描いた。黄色の付箋に描かれたネコのイラストは、「北中七不思議」のひとつ、「怪盗インビジブル」のトレードマークだ。最近、校内で怪盗インビジブルを騙《かた》る盗難事件が相次いでいることは、一年生にも周知されている。こうしておけば、メイミの仕業《しわざ》ではなく、怪盗インビジブル事件によるものだと思わせることができるはずだ。

――そのうち、盗まれるよ

――怪盗インビジブルに

メイミの忠告を、セイラはまともに聞こうともしなかった。怪盗インビジブルは、生徒の「一番大事なもの」を盗んでいくらしい。セイラは、大事にするものを間違えた。小学校の頃からの友達よりも、スマホで繋がる安易な関係を大事にしたのだ。セイラが悪いのだ、と、メイミは自分に言い聞かせた。セイラの机の中に、黄色の付箋を貼る。

一旦教室を出て、誰もいない裏門の辺りにスマホを隠しておこう。セイラが反省してメイミとちゃんと喋るようになってくれたら、返してあげればいい。メイミがそう思いながら教室の外に出ると、急に後ろから声をかけられた。

主事の、小林さん。

運が悪い、と、メイミは唇を噛《か》んだ。校内の見回りは、主事の仕事の一つだ。小林さんは防犯用の金属棒を携え、いつも学校中を歩き回っている。実技教科の授業で教室が空く時間は、それとなく見に来るのだろう。

「おう、さっきの」

「は、はい」

「どうした、今来たばっかりで、もうどっか行くのか」

いろいろな言い訳が頭の中に一斉に湧き上がってきたが、小林さんの目を見ると、言葉が詰まった。深いしわで目はしょぼしょぼしているが、奥にある光は鋭くて、人の心を見透かしているような怖さがある。下手なウソはきっと見抜かれる。迂闊《うかつ》なことは言えなかった。

「そう、なんですけど」

「顔が真っ青だぞ。まだ具合悪《わり》ぃのか」

「はい」

私はそんなに顔色が悪いのか、と、メイミは思わず自分の顔に手をやった。人のものを盗ったという罪悪感と緊張感で、血の気が引いたような感覚は確かにある。顔色が悪いなら、具合が悪いといってもウソだとは思われないかもしれない。

「一旦教室まで来たんですけど、やっぱり具合が悪くて」

「そうか、保健室に行くか？」

「いえ、その、キツいので、やっぱり家に戻ろうかなって」

メイミは、具合の悪さをアピールしようと、大きなため息をついた。小林さんは、特に疑う様子もなく、そりゃよくないな、とうなずく。

「担任、誰だっけよ。言っといてやろうか」

「伴田先生です」

「ああ、国体君な。わかった。後で伝えといてやるよ」

「ありがとう、ございます」

メイミは、ちょこんと頭を下げると、小林の横を抜けて昇降口に向かった。バッグの中で、かすかにスマホが振動しているのがわかった。

4

「どうしよう」

学校から帰ってきて自分のベッドに体を投げ出すと、メイミの頭の中はその五文字で埋め尽くされていった。近くに置かれたバッグの中には、セイラの iPhone が入ったままだ。帰ってくる間にどうにかしようと思っていたのだが、どうしても人の目が気になって、バッグから取り出せずに家まで持ち帰って来てしまったのだ。

「メイミ、病院行く？」

ドアの外から、母親の声がする。さすがの母親も、メイミの顔を見るなり「なに？　ほんとに具合悪いの？」と心配そうな顔をした。

「いい」

「でも、早めに行っといたほうがいいんじゃないの？」

「とりあえず、休みたい」

「お母さん、出かけなきゃいけないんだけど」

「うん、寝てるから大丈夫」

「そう、じゃあ、ちゃんと寝てなさいね」

母親は珍しくそれ以上追及せず、じゃあ出かけてくるからね、と声をかけて部屋の前から立ち去った。ほどなく、玄関ドアが開閉する音、鍵が閉まる音、母親の軽自動車が走り去る音が聞こえてきて、家の中はひっそりと静まり返った。

一人になると、ようやく少しだけほっとすることができた。だが、それと同時に、また「どうしよう」の五文字が脳の中に浮かび上がって、メイミを責め立てる。

「どうしよう」

もう一度、枕に顔をうずめながら言葉を吐き出す。どうしよう。どうすればいい？　何度言っても、こうしなさい、と答えをくれる人はいない。

体育の授業から戻ってきたセイラは、机の中の付箋に気がついたようだ。バッグの中で、スマホがずっと振動していた。ヒトミたちが着信を入れて、振動する音がどこかで聞こえないか確認しているのだろう。いずれ、盗まれたんじゃない？　という話になるのは時間の問題だ。

残された付箋を見て、怪盗インビジブルだ、と、誰かが言い出してくれたらそれでいいが、メイミが一度教室にいたことは、小林さんから担任の先生に伝わっている。ヒトミたちがそれを知ったら、真っ先に疑われるのはメイミかもしれない。

もし、セイラが通報して、警察がうちに来たら。言い逃れができない。きっとすぐに、バッグの中の「盗品」は見つかってしまう。


これ、犯罪じゃん。

私、泥棒じゃん。


部屋の窓から駐車場を見下ろす。母親の車はない。メイミは、ようやくバッグを開けた。朝から非日常的な一日を過ごしたせいで、心が落ち着かずにふらふらしている。スマホを盗んだのも幻か妄想じゃないのだろうか、という淡い期待があったが、あっさり打ち砕《くだ》かれた。ピンク色のカバーがついたセイラのiPhoneが、バッグの奥のポケットに間違いなく収まっていた。

遮光カーテンを閉め切ると、雨空だったことも手伝って、部屋はかなり真っ暗になった。暗闇の中、メイミはスマホを手に取って、再びベッドの上に転がる。電源を入れると、真っ暗な部屋にふわりと光が点《とも》った。画面にはロックを解除するための数字を入れる枠が表示されている。

自然と指が動き、セイラの生年月日を六ケタ表記で入力する。

だが、正確に入力したはずなのにロックは解除されなかった。そりゃそうだよね、と、メイミはベッドに顔をうずめた。自分の生年月日なんてわかりやすいものを設定するわけがないし、仮に、それで解除ができてしまったら――。

解除、できてしまったら。

手が震えるほど盗んだことを後悔しているはずなのに、セイラのスマホを見て、メイミはどうしても中が見たい、と思ってしまった。親友に対する、完全な裏切り行為なのはわかっている。でも、この中にはきっと、セイラの本心が詰まっているのだ。


知りたい。

確かめたい。


「どうしよう」

やっぱり、メイミの問いに答えてくれる人は誰もいなかった。

5

教室の後ろの扉を開けると、目が合った女子に、おはよう、と声をかけられた。メイミは、おはよう、と返す。自分の存在がそれ以上目立たないように、身を縮《ちぢ》めながら滑るように移動して自分の席に着いた。

学校を休んだ翌日、朝の教室はいつものようにひどく騒がしかった。メイミが教室に入るなり、全員の視線が「泥棒」に集まるのではないかとびくびくしていたが、拍子抜《ひょうしぬ》けするほど普段と変わらない。セイラはもう先に来ていて、一番前の自分の席で本を読んでいた。ヒトミたちも、普段通り固まってなにごとか大笑いしながら雑談をしている。ルイが時間ぎりぎりに駆け込んできて、その輪に加わった。

一時間目、二時間目と、授業は淡々と進んでいった。けれど、先生の話はまったく頭に入ってこない。朝からずっと、メイミの意識は自分のバッグに向いていた。

バッグの中には、セイラの iPhone が入っている。

犯罪の証拠を持ち歩く泥棒もなかなかいないだろうが、メイミはそうしなければならなかった。昨日の夜、一晩じっくりと考えて、盗んだものをセイラに返すと決めたのだ。もちろん、こっそり返すわけにはいかない。盗んだこともその理由も、包み隠さず打ち明けなければならない。

でも、返さなきゃ、と思うたびに、緊張で息が詰まった。休み時間になっても、セイラに近づくこともできない。学校に一日いても、誰にも邪魔されずにセイラと二人で話せる時間などまずなかった。どこかないか、と考えているうちに、図書室のことが頭に浮かんだ。

セイラはいつも、授業が終わると図書室に行って読み終えた本を返し、新しい本を借りる。日によっては、しばらく読書をしていることもある。部活に入っているヒトミたちとは放課後になると別行動だし、第一、本とは縁のないあの三人は、図書室になど寄りつかない。

よし、と、メイミは決心した。放課後、図書室でセイラをつかまえる。

どう説明しようか、どう謝ろうかと考えているうちに、午後の授業は、五時間目の音楽、六時間目の英語、と、あっという間に過ぎて行った。担任の先生が戻ってきて終礼を済ませると、当番の生徒が教室の掃除を始める。放課後のざわついた空気にうまく紛《まぎ》れて、メイミは廊下に出た。

廊下の少し先を、セイラが歩いている。ロングの黒髪が、歩くのに合わせてさらさらと揺れる。セイラが向かう先には、東階段がある。一学年のフロアから東階段を使って一階上に行くと、すぐ近くに図書室があるのだ。

あまりセイラに近づきすぎないように、距離を取って後を追う。図書室に入る前に気づかれてしまうと、きっと話しづらくなる。メイミの心の準備も整わない。

セイラが方向を変え、階段に向かっていく。廊下から後ろ姿が見えなくなるのと同時に、メイミは歩くスピードを上げようとした。大きく足を一歩踏み出したところで、誰かがメイミの横を通り抜け、前に出た。巻き起こった風で、前髪が顔にかかった。

「ごめん、ちょっと話があるんだけど」

ずきん、と、また胸が痛む。メイミを追い越し、廊下の真ん中に立ち塞がったのは、ヒトミだ。もう部活に行ったと思っていたのに、まだ教室に残っていたようだ。

「なに?」

「ちょっと。こっち」

ヒトミが、すぐ近くの教室を指差す。机と椅子は整然と並んでいるが、教室には誰もいない。去年までは使われていたようだが、メイミたちの代で生徒数が減り、使われなくなった空き教室だ。一学年のフロアの端っこにあって、普段は誰も立ち入らない。そんなところに引っ張り込んでなにを話そうとしているのか。

考えるまでもなかった。

「これから用事があるから」

「あー、ちょっとだけだから」

今は、セイラと話をしなければならない。もしヒトミの話がセイラのスマホの件だとしたら、まさにこれから直接本人と話しに行くところなのだ。関係のない人間に立ち入ってほしくはなかった。

けれど、メイミの後ろにはすでにルイとアイが立っていて、逃げ道を塞いでいた。三人の圧力に押されて、空き教室に追い込まれる。メイミの体が教室の中に入ると、ルイとアイが手分けして中から扉の鍵をかけた。

「どういう、こと？」

「わかってると思うんだけど」

ヒトミが、行儀悪く机の上に腰をかける。表情はいつもよりも強張《こわば》っているように見えた。

「わかってる？」

「出してよ。持ってるでしょ？」

人間の心臓はここまで強く胸を叩くんだ、と驚くほど、胸から、ドン、という低音が響いた。走って逃げ出したくなるのを必死に抑えながら、メイミはヒトミに悟られないように固い唾を飲み込んだ。

「なんのこと？」

メイミが首をかしげると、ヒトミは小さなため息をつき、じっと目を見てきた。

「昨日、セイラの iPhone が盗まれたんだけどさ」

「そう、なんだ」

「一時間目の体育の後に失くなってるのに気づいて。セイラってしっかりしてそうなのにちょっと抜けてるところあるからさ。机の引き出しに入れっぱなしにしてて。そんなの、盗んでいってくださいって言ってるようなものじゃん？」

「でも、授業中だし」

「そう。教室には人がいないし、他のクラスの子も授業中だから来ない。けど、メイミはいた」

バレてる、と、メイミは胸の中で焦った。案の定、ヒトミはほぼメイミが犯人だと確信しているようだった。

「一時間目に教室には来たけど、すぐ具合悪くなって帰っちゃったし、その話はわからない」

「そうなんだ。じゃあ、返す気はないってことね」

「返す気とかじゃなくて、ほんとに知らないから」

「じゃあさ、悪いんだけど、バッグの中見せてくれる？」

ヒトミが、メイミの持っているスクールバッグを指さす。

「どうして？」

「一応の確認」

「あんまり、他人に見られたくない」

「見せたくないものが入ってるからじゃなくて？」

「なんでそんなに決めつけるの？　私がセイラのiPhoneを盗む理由なんかある？」

「さあ。理由は知らないけど。でも、メイミなのは間違いない」

「なんなの、それ。意味わからない」

ヒトミは肩を落としてまたため息をつくと、小さく首を横に振った。ルイとアイに視線を送る。二人は、言葉も交わさずにうなずいた。

「メイミは、iPhone持ってないから知らなかったかもしれないけど」

「知らない？」

「iPhoneって、位置情報が調べられるんだよ。ルイの家にパソコンがあるから、昨日調べたんだよね。そしたら学校の中にはなくて、セイラの家の近くにあった」

ヒトミの言葉に合わせるように、パソコンを使ったというルイが大げさにうなずいた。

「どこだよここ、って思ったら、セイラは知ってた」


――メイミの家だったから。


ヒトミの声で、静かな空き教室の空気がぴんと張りつめた。メイミの心臓は、もう抑《おさ》えきれないほど激しく脈打っている。全員が口を閉じたら、音が聞こえてしまいそうなほどだ。

「私の？」

「先生か親に連絡してもよかったけど、セイラがさ、少し黙ってるって」

「セイラが？」

「もし、メイミが持って行ったにしても、なんか理由があるんじゃないかってさ。まあ、下手にオオゴトになって、スマホ持ち込み禁止とかになったらアタシたちも困るし、とりあえずセイラの言う通り一日待ってみることになったんだけど」

メイミは、ぎゅっとバッグのストラップを握った。この場をどう切り抜ければいいかを考えても、なにも思いつかなかった。パソコンでスマホのある場所を調べられるなんてことは知らなかったが、本当なら言い訳のしようがない。

「今朝、学校に来る直前にさ、ルイにもう一回調べてもらったんだ。そしたら、iPhoneが学校に向かって移動してたって。てことはさ、メイミが学校に持ってきたってことでしょ？　セイラの言うとおり、なんか理由があって、今日返すつもりなのかなって思って見てたんだけど、結局返さなかった。いくらセイラがいいって言ったからって、友達の物を盗まれて、犯人がわかってんのに、黙って見過ごすわけにいかないし」

今まさに返しに行こうとしていたのに、とメイミは胸の内で叫《さけ》んだが、知らないと言ってしまった以上、もう引っ込みがつかなかった。返すつもりだったと言ったところで、信じてはもらえないだろう。

「じゃあ、見れば」

メイミは、手の震えをごまかしながらバッグを机の上に置いた。ヒトミが少し驚いたような表情を浮かべたが、すぐにルイやアイと目配せをして、バッグに手を伸ばした。

「ありがと。ちょっと見せてもらうね」

ヒトミが、バッグのファスナーを開ける。メイミは動揺を悟られないように、バッグから視線を外した。ヒトミがスマホを見つけたら、自分は知らない、誰かが勝手に入れたのだ、と言い張るしかない。

ヒトミが教科書やノートを一気に引っ張り出し、机の上に置く。続けて、ペンケースとメイクポーチ、財布を取り出す。それで、バッグの中はほとんど空っぽだ。セイラのスマホは一番奥のポケットに忍ばせているとはいえ、隠し通せるものでもない。見つかるのは時間の問題だった。

メイミのバッグを覗き込みながら、ヒトミが何度か首を捻った。外側から、両手でぱんぱんとバッグを叩く。アイが、念のため、と言いながら、メイミの服を探った。ルイが自分のiPhoneを使って着信音を鳴らそうとするが、電源が入っていないか、電波が届かない、というメッセージが流れてくるのが聞こえた。

「どこに隠してるの?」

一瞬、ヒトミの言っている意味がよくわからなくて、メイミは言葉を返せずに黙った。どういうことだろう。理由はわからないが、ヒトミはバッグの中のスマホに気づかない。

「隠してなんかないってば」

メイミの言葉に、ウソだ、と、ヒトミが焦ったようにバッグをひっくり返した。けれど、出てきたのは食べるのを忘れていたのど飴《あめ》一個だけだった。

「ない」

ヒトミが、二人に向かって首を振る。ポーチやペンケースの中も見られたが、もともとそんなところには入れていない。中からスマホが出てくるわけがなかった。

「だから、持ってないから」

狐につままれたような気分ではあるものの、メイミは少し強めにヒトミをにらんだ。三人がひそひそと相談を始める。机はさっき覗いた、とか、もう一度GPSで追跡しよう、でも電池切れかも、といった言葉が飛び交っている。一人で放置されたメイミは、軽く咳払いをし、「もういい？」と聞いた。

「もし、アタシたちの勘違いだったならごめん」

ヒトミはバッグをメイミにつき返すと、二人を従えて空き教室を出て行った。後には、メイミと、くたくたのバッグとその中身だけが残った。

ヒトミたちの気配が遠ざかるのを確認して、メイミは急いでバッグの中に手を突っ込んだ。セイラの iPhone を入れた、奥のポケット。マジックテープをはがして開いてみたものの、中にはなにも入っていなかった。

「どういう、こと？」

ヒトミがやったのと同じように、外からバッグを叩き、なにか硬いものが当たらないか確認する。ひっくり返して振ってみるが、中からはもうなにも出て来なかった。

目の前の現実に理解が追いついていないが、メイミはとりあえず引っ張り出された中身をバッグに戻すことにした。ポーチ。ペンケース。ノートと教科書。

「うん？」

ヒトミよりも手の小さいメイミは、教科書やノート類を全部一気に掴み上げることはできなかった。半分ずつ分けようと、何冊かを手に取ると、教科書の裏に貼りついているものに気づいた。ひっくり返した瞬間、メイミは思わず、「なにこれ」と声を上げた。

貼られていたのは、黄色い付箋だった。

黒いペンで、かわいくないネコのイラストが描かれている。

怪盗インビジブル、と、メイミは独り、そっとつぶやいた。

6

下校時間を知らせる放送が流れる。六月、梅雨の晴れ間。一年で一番昼が長い季節だけあって、この時間でもまだ空が青い。それでも、もう夕方だ。正門前を通っていく生徒の数も減り、校舎には静かな影が下りていくように見えた。

メイミはもう一時間ほど、正門前の壁に寄りかかって立っていた。時折、横を通り過ぎていく上級生が怪訝《けげん》そうに視線を向けていくが、それ以上の興味は持たれない。

空虚な時間を過ごしていると、ようやく、待ち人の姿が見えた。ロングの黒髪。姿勢のいい歩き方。

セイラ。

声には出さなかったが、メイミは呼びかけるようにセイラを見ながら正門から少し離れ、セイラが歩いてくる延長線上に立った。少し遅れてメイミの姿に気づいたセイラが、やや下向きだった視線を真っすぐ前に向けた。

セイラはメイミから目を背けることはせず、かといって歩みを速めるわけでもなく、自分の歩こうとしていた道を、自分のペースで歩いてくる。メイミはメイミで、立っている場所を変えなかった。セイラが描く直線が、メイミの立つ点に交わる。

揺れることなく、曲がることなく。

メイミの目の前、二メートルほどの距離でセイラが足を止めた。こうして真正面からセイラと向かい合うのは、いつ以来だろう。もしかしたら初めてかもしれない、とメイミは思った。メイミの記憶の中のセイラは、いつも横顔だ。

「どしたの?」

梅雨のじめじめした空気にも負けない、細くて澄んだ声がメイミに届いた。聞いただけで、目の奥がじわりと熱くなる。

「帰ろうと思ったら、たまたま、セイラが見えたから」

「たまたま?」

セイラが周りを軽く見回して、不思議そうにうなずいた。どう見ても偶然に見えないのは、メイミにもわかっている。でも、別にそれはどうでもいいことだった。

「一緒に帰ろ」

「うん、いいよ」

メイミはセイラの左隣にするりと滑り込んで、歩調を合わせた。小学校の頃は、こうして一緒に歩きながらどんな話をしていただろう。今となっては、なにも思い出せない。中学生になって、高校生、大学生、そしてオトナになっていくうちに、メイミはどんどん人としゃべれなくなるのかもしれない。いろいろ考えたり、言葉を選んだりして。

でも、口を開かなければならなかった。学校から家までの道のりはたったの十五分。黙っているだけでは、あっという間に過ぎてしまう。

「あのさ」

「うん？」

「iPhone」

「うん」

「ヒトミたちから聞いた。盗まれたって」

「んー、盗まれたのかな。自分でどこかに置き忘れただけかもしれないし」

「置き忘れた？」

「あんまり気にしてなかったからさ。ヒトミにすごい怒られた。貴重品なのにありえない、って。あ、そっか、これ貴重品なんだ、って」

そっか、と、メイミはうなずき、足を止めた。セイラは数歩先に進んでから、メイミが立ち止まったことに気づいて振り返った。

「どしたの？」

「あの、さ」

「うん？」

「置き忘れじゃ、ないよね」

「ん」

「私だよ」

わかってるでしょ？

メイミが、胸につかえていたものを吐き出すと、セイラは小さく笑みを浮かべた。困っているような、悲しんでいるような。そんな、笑顔になっていない笑顔だった。

「うーん」

「なんで？」

「なんで、って」

「私、盗んだんだよ、セイラのものを。泥棒したんだよ」

道幅はさほど広くないのに、交通量だけは多い道路沿い。車が慌ただしく通り過ぎていく横で、メイミはついに口火を切った。もっと静かな場所で、なんて考えている余裕はなかった。このまま黙って家に着いてしまったら、きっともう一生セイラとは話せなくなる気がしたのだ。

「そっかあ」

「そっか、じゃないよね。普通さ、怒るでしょ？　うわ、って思うじゃん」

「悲しいな、とは思う」

セイラの言葉が突き刺さって、メイミは次の言葉を出せなくなった。辛辣《しんらつ》でもなく、責めるような口調でもないのに、じわじわと体に染みてきて、胸を深くえぐる。

「でも、なんか理由があったのかなって思うから」

「理由があろうがなかろうが、そんなの、許されないじゃん。なのに、なんで、そんな」

メイミは、言葉の途中で必死に唇を噛んだ。違う。こういうことを言いたいんじゃない。どんな言葉よりも先に、まずは謝らなきゃいけないのに。素直になろうとすると、喉がぎゅっと締まる。

「私だってさ、誰か違う人に持っていかれてたら、そりゃちょっとくらい騒いでたと思うよ。でも、メイミだし、と思って」

「どうして」

「だって、友達だから」

びゅん、という風をまとって、すぐ横を車が駆け抜けていく。けれど、メイミにはもう、他の世界の音は聞こえなくなっていた。


昨日の夜、メイミはベッドの中でセイラのiPhoneを握りしめながら、家の中の音に聞き耳を立てていた。両親が寝室に入ったら、こっそり外に出て処分してしまおうと考えていた。家の近くには、小さな親水公園がある。濁《にご》った池の中にでも捨ててしまえば、きっともう見つかることはないだろうと思ったのだ。

ぎゅっと握りしめているうちに、指が電源に触れた。薄い布団の中で、まるで生命の鼓動のような淡い光が点る。パスコードを入れろ、という無言の意思を感じた気がして、どうせ開くわけがないと思いつつも、メイミは指を這わせて数字を入力した。

「えっ」

スマホを握っていた手に、力が入った。それまでメイミの操作を無言で拒絶していたスマホが、急にメイミに従ったのだ。ロック画面が解除されて、ホーム画面が表示される。使ったことはないけれど、話に聞いて知っているアプリがいくつか並んでいた。

メイミが入力した、六ケタの数字。

それは、メイミ自身の生年月日だった。

なぜ、と考える間もなく、メイミはメッセージアプリを開いた。操作するのは初めてだけれど、どこを開けばいいのかは直感でわかった。画面が遷移《せんい》していく間、スマホを盗み出した時とは違う静かな緊張が体を強張らせた。

【でもさ】

【メイミが嫌がるんじゃない？】

【そんなことないと】

【だって、うちらがちょっと近づいただけでさ】

【思うけど】

【めっちゃ】

【にらんで来るんだけど】

【あの子】

【そっかあ】

画面には、セイラとヒトミの生々しいやり取りが並んでいる。日付表示《タイムスタンプ》を見ると、昨日の夜の会話のようだ。指を這わせて過去にさかのぼる。端々に出てくる単語から、どうやら臨海学校のグループ分けの話をしているのだ、ということがわかった。

だが、話の流れはメイミの予想とはまったく違うものだった。

話の発端は、セイラだった。グループ分けの時にメイミを誘いたいのだがどう思うか、という相談をしている。ヒトミは「そんなのありえない」と答えるだろうと思ったのに、意外にも、グループをどう分けたらいいか、真面目に考えている様子だった。案の一つとして、メイミとセイラにヒトミ、そして誰か他の子を一人加えたグループと、ルイとアイに二人加えたグループに分ける、という話が出ていた。その流れで、ヒトミが「メイミは逆に嫌がるのではないか」という考えを述べていたようだ。

【なんだろう】
【うちらに、セイラを】
【とられると思ってんのかな】
【とられるって】
【そういうもんじゃないでしょ】
【友達って】
【そうだけど】
【メイミの中では違うのかも】

【んー、そっか】
【小学校の時から】
【うぅん】
【ああなん？】
【よくしゃべるし、明るい子】
【ええ、マジ？】
【すごいいい子なんだけどな】
【想像つかない】
【正直、浮いちゃってるよね】
【今のクラスで】

二人の会話を追いながら、メイミはようやく一つの現実に気がついた。

変わったのは、セイラじゃない。

私だったんだ。

セイラは、小学校の頃となにも変わっていなかった。なのにメイミは、「一緒にいる時間の長さ」にこだわって、それが見えなくなっていた。セイラがヒトミたちとやり取りしていることに嫉妬して、焦って、一人で殻《から》に閉じこもってしまっていた。バカみたいだ。

セイラは、せっかくの臨海学校だし、メイミがクラスに溶け込めるようになればいいと思ってくれていた。その反面、それが余計なお世話になっていないか迷ってもいた。話の終わり、ヒトミが「メイミをグループに入れることになってもいい」と答えて、セイラが「じゃあ明日メイミに聞いてみる」と返していた。

もしメイミがグループ分けで余りものグループになるなんて思いこまず、時間通り学校に行っていたら、違う結果になっていたはずだった。それ以前に、スマホになんてこだわらずにちゃんと自分の想いを伝えられていたら、メイミは独りになることも、泥棒になる必要もなかった。

盗みがバレないように捨てに行かなきゃ、と思っていたさっきまでの自分が、とてつもなく恥ずかしくなった。どうしよう。どうすればいいんだろう。答えてくれる人はいなかったけれど、メイミ自身が答えをすぐに出していた。

セイラに、謝らなきゃ。

許してもらえるかはわからないけれど。

——だって、友達だから

セイラの気持ちが伝わってきた瞬間、車がびゅんびゅん走る道の横で、メイミは大粒の涙をこぼしていた。周りの人に笑われても、困り顔のセイラをさらに困らせても、メイミは叫ばなければいけなかった。なにも言えなくなる前に。なにも見えなくなる前に。

ごめんなさい
ごめんなさい！

言えた、と思った瞬間、もう溢れ出す思いを止められなくなっていた。喉がひっくり返りそうになって、声が出ない。悲しくて、情けなくて、辛くて、苦しくて。でも、温かくて、ほっとして。いろいろな思いが整理できなくなって、目の前が涙で揺れて見えなくなって。

両手で顔を隠して、メイミは声を上げて泣いた。どうしよう、と思っても、どうしようもなかった。自分で自分をコントロールできずにいると、柔らかい感触がするりと背中を包んで、心地よい力がメイミの体を抱き寄せていた。メイミの頭を、セイラの手が優しく、ぽんぽん、と叩いた。

「いいよ、もう」

セイラの首元に顔をうずめると、シャツからほんのりと柔軟剤の香りがした。セイラはどうしてこんなに優しくなれるんだろう。だめだと思っても、どうしてもその優しさに甘えてしまう。

ひとしきり泣くと、ようやく体の中に溜《た》まっていたものが全部流れ出たのか、気持ちが少しだけ落ち着いた。喉が開いて、ようやく声が出た。

「返そうと、思って」

「うん？」

「今日」

「そっかそっか」

「持ってきたのに」

「返してくれる？」

「え？」

「ん？」

セイラとの会話が噛み合わなくなって、メイミは顔を起こした。セイラの胸に涙のシミができてしまっていたが、謝るのは後にすることにした。

「持って、行ったよね？」

「持って行った？　私が？」

「バッグから」

「え、どういうこと？」

メイミは、ヒトミたちとの一部始終を説明する。メイミはてっきり、セイラがメイミのいない隙を見て自分のスマホを持って行ったのだと思っていた。おかげでメイミは、ヒトミたちに泥棒だと暴《あば》かれることもなく、「釈放」されたのだ。

メイミが急いでバッグに手を突っ込み、ネコのイラストが描かれた付箋紙を取り出した。セイラに見せると、おそろいだ、と言いながら、セイラが自分のバッグから付箋紙を出してきた。そっちはメイミが描いたものだ。

「それが、バッグの中にあったの？」

「あったの、って、セイラじゃないの？」

セイラはメイミの手から付箋を受け取ると、描かれたネコを一目見て「ぶっさいく」と笑った。

「私、こんなかわいくないの描かないよ」

「え、でも」

言われてみると、字もイラストもきれいなセイラにしては、線も曲がっているし、雑な感じがする。左手で描いたか、男子が描いたような。

「じゃあ、誰が」


――怪盗インビジブル。


メイミとセイラの声が揃った。いやまさか、とメイミがすぐに続けるが、セイラは「そうなのかなあ」ととぼけたことを言う。

「そのさ、七不思議の怪盗がいるかはわからないけど」

「それは、いないよね、まず」

「でも、実際、いるのかもね。怪盗インビジブル」

北中校舎に潜む、目に見えない怪盗。北中生の大事なものを盗んでいく大泥棒。大事なもの、とつぶやいて、メイミは、はっと目を見開いた。

怪盗インビジブルが、セイラからではなく、メイミからスマホを盗んで行った理由。セイラにとってはそこまで大事なものじゃなかったけれど、メイミにとっては、あのスマホが一番大事なものになったからだろうか。

セイラが自分の誕生日をパスコードにしてくれていたから。

セイラの本当の気持ちが詰まっていたから。

途中まで考えて、まさかね、と、メイミは自分の考えを否定した。大事なものを盗んでいく目に見えない怪盗なんて、やっぱり存在するとは思えない。誰か別の人間が、もっと別の理由で盗んでいったのだろう。

「ほんとに、ごめん。なくなっちゃって」

「ああ、うん。いいよお。結局、返せなくなっちゃって」

「だって、怒られるでしょ、親に」

「まあ、失くしても一台目は補償してもらえるみたい。って言ってもタダじゃないから、今度から気をつけなさいよ、くらいは言われるかも」

「でも」

セイラは、少し考えていた様子だったが、実は、と口を開いた。

「あれさ、買った初日に家で落っことしちゃって」

「え、そうなの?」

「ちょっとだけ、画面に小《ち》っちゃいヒビが入ってたの。だから、新品と交換してもらえたら、それはそれでラッキーっていうか」

「そういうこと?」

そんな傷があっただろうか、と、メイミはセイラのiPhoneを触った感触を思い出した。人のものを盗んだ緊張感で細かい部分が見えなくなっていたのかもしれないし、持ち主にしかわからないくらい小さな傷だったのかもしれない。

「さすがに、盗まれたってウソついて交換してもらうわけにもいかないけど、ちゃんとほんとに盗まれてるからね」

ちゃんと盗まれる、という言葉はどうかと思うが、それまでメイミの体を覆いつくしていた罪悪感は、少しだけ緩んだ。

「じゃあ」

「そう。ありがとう怪盗インビジブル、って感じだよ」

しっかりしてるなあ、いや、ちゃっかりか、と、メイミはいたずらっぽく笑うセイラを見た。悪用されないといいね、と、せめてもの忠告をすると、されるかなあ、と、のんびりした答えが返ってきた。

7

「なんか最近、スマホスマホ言わなくなったわね」

「え、あ、うん」

「飽きたの？」

「いや、そんなことないけど。だめだっていうから」

週末、メイミは母親とショッピングモールで臨海学校に必要なものを購入していた。大きめのリュックサック、ビーチサンダル、日焼け止め。新しい下着とタオル。いろいろ買い回っているうちに、携帯ショップの前を通りかかった。ショップの前に並ぶスマホを見て、そういえば、と、母親が口を開いたのだ。

「あら、珍しく言うこと聞くんだ」

「珍しくないでしょ、別に」

もちろんスマホを諦《あきら》めたわけではなかったが、以前ほど欲しいとは思わなくなった。

セイラのiPhone盗難事件は、うやむやのまま解決した。セイラは盗難の件を学校には言わなかったが、翌週には補償サービスを受けたという、「傷のない新しいスマホ」を、以前と同じピンクのケースに入れて持ってきた。二台目以降の補償はかなりお金がかかるらしいのに、相変わらず大事に扱っているようには見えなかった。

ヒトミたちには、本当のことを打ち明けた。例の空き教室で、セイラも含めた五人で集まって。メイミは自分の過《あやま》ちを認め、みんなに謝った。初めは険しい顔をしていたヒトミたちも、メイミがちゃんと謝って、セイラが許しているということで、それ以上なにも言わなかった。

でも、おかげで、少しずつヒトミたちともしゃべれるようになった。

話す時間が増えればもう少し仲よくなれるかもしれないけれど、学校の休み時間に話しかけるだけでも、少しずつ距離は縮まる。どうしても、スマホが必要なわけじゃない。

それに、やっぱり少しだけ、人のものを盗んだという罪悪感が残っている。一生抱えて行かなければいけない気持ちだけど、スマホを持つと、あの嫌な気持ちがよみがえってくるような気がして恐ろしかった。

「そう。じゃあ、やっぱりやめとこうか」

「え、どういうこと」

「んー、昨日お父さんと話したんだけどね。臨海学校があるし、スマホを持たせてもいいんじゃないかって」

「な、なんで急に？」

「いや、ほら、最近地震が多いじゃない。そういう時って、電話回線が使えなくなっちゃうみたいだから、スマホ持たせといた方が安心かもねって」

メイミの頭の中で、母親の言葉がぐるぐる回る。予想外の言葉を聞くと、なかなか理解ができなくて思考が止まる。

「でもまあ、そんな大地震が来るとも思えないし、メイミが別にいらないって言うなら――」

言い終わるか終わらないかのうちに、メイミは母親の手首を摑んでいた。力が入りすぎたのか、母親が「いたた」と声を上げた。

「行くよ、ショップ」

「ちょっと、落ち着いたんじゃないの？」

バカじゃないの、と、メイミは鼻息を荒らげた。ショップの店頭には、セイラのものと同じ、iPhoneがきらきらと輝いている。

よう校長、というぶっきらぼうな声がした方を見ると、学校主事の小林さんが職員室から出てくるところだった。真治は、私のことか、と、姿勢を正した。「校長」と呼ばれるようになったのは、今年からだ。まだまだ肩書が馴染んでいないのか、呼ばれるとくすぐったい。

「サスマタ持って、見回りですか」

「そうだよ」

小林さんは、見回りの時に必ず暴漢対策用のサスマタを持っていく。そんなものを持って校舎内を歩くのはいかがなものか、という教師からの意見もあるが、当の小林さんは、暴漢を見つけた時に持ってないと意味がないだろ、と一蹴した。筋は確かに通っているが、単にサスマタが気に入っているだけのようにも見える。とうに還暦を過ぎた小林さんだが、まるで少年のように無邪気なところがある。

童心を忘れないということは、生徒たちの気持ちに寄り添えるということでもある。そう思って、真治は小林さんの行動は不問に付している。

「外ですか？」

「いや、この時間は中だ。二年三組が体育で、一年四組が音楽だからな」

「ああ、教室が空いてるんですね」

「そうなんだよ。最近ほら、多いだろ」

「多い？」

「なんだっけ、カイトウ」

「インビジブル」

「それだ」

「早く解決したいところですね」

「そうだろ。もしかしたらな、教室が空いてる時に忍び込んでよ、ガキどものカバンに手を突っ込んでるやつがいるかもしれないからな」

見つけたらこうよ、と、小林さんがサスマタを繰り出す。

「そんな不届き者がいますか」

「まあ、カイトウなんとかがいたら、俺がとっ捕まえてやるから見とけ」

「窃盗犯がいたとしても、無理しないで下さいよ？」

小林さんが、「大丈夫だ」と、笑いながら見回りに行く。サスマタを杖のようにして歩いて行く後ろ姿は、銭形幸一《ぜにがたこういち》というよりは孫悟空《そんごくう》だ。

願わくば、「怪盗」の正体が生徒ではありませんように、と祈りながら、真治は小林さんの後ろ姿を見送った。

IN I

the
phantom
thief

CASE 3

1

先生？　という声が聞こえて、高巻今日子《たかまききょうこ》はようやく我に返った。横を向くと、二人の生徒が怪訝そうに今日子を見ている。学級委員の石川ダイキと小森《こもり》モモだ。ダイキとモモだけでなく、気がつけばクラス中の生徒の視線が今日子に向いていている。

しまった、と思いつつ、今の状況を把握する。午後のＬＨＲ《ロング・ホームルーム》の時間、今日はクラス内対抗のディベート大会を行っていた。テーマは、「盗む人間が悪いか、盗まれる人間が悪いか」だ。クラスを三つのグループに分けて、それぞれの意見を述べるグループと、判定をするグループという役割を与える。時間内で議論を戦わせて、判定グループの生徒をより納得させた方が勝ちだ。一回目のディベートが終わったら、役割を入れ替えて同じことを繰り返す。

ディベートをさせる目的は、勝ち負けを競うためではない。昨今、北中内では生徒の持ち物が盗まれるという盗難事件が相次いでいる。生徒たちの間では、「怪盗インビジブル事件」などと呼ばれているが、十中八九、犯人は生徒だろうと思われた。ディベートを通して、「人のものを盗む」という行為について生徒たちに考えさせ、同時に、自分自身でできる盗難対策を考えてもらおう、というのが隠れた趣旨だ。

その大事なLHRの最中に、今日子は自分の考えごとに入り込んで、時間を忘れてしまっていた。三回のディベートが終わり、司会を務める学級委員の二人に声をかけられても、今日子はしばらく自分の世界に入ったままだった。何度か名前を呼ばれてようやく、今が授業中であることに気がついた。

「先生、大丈夫？」

ダイキが心配そうに今日子の様子をうかがう。今日子は慌てて立ち上がり、大丈夫、とうなずいた。学級委員二人を席に戻らせて、教壇に立つ。ディベートの感想を述べると、クラスのお調子者たちから「先生、ほんとに聞いてた？」とヤジが飛んだ。

参ったなあ、と、心の中でため息をつく。

実は、今日子が授業中に自分の世界に入ってしまったのは今回が初めてではない。先日行われた一学期の中間考査の時も、考え事に夢中になって、試験終了時間を五分も超過してしまった。生徒たちから不評を買うまでにはまだ至っていないが、これが何度も続くようでは教師失格だ。しっかりしなきゃ。それはわかっている。

壇上に集まってくる生徒たちの視線には、どこか不信感のようなものが漂《ただよ》っている。教室の中で唯一のオトナである今日子の心の揺らぎは、多かれ少なかれ、クラス全体に影響を及ぼすことになるのだ。精一杯「先生らしく」振舞ってクラスの雰囲気を落ち着かせようと試みるが、一度揺らいでしまった空気を元に戻すのは難しかった。子供たちの目は鋭い。教師の力を本能的に察知してしまう。時折、今日子は子供たちの目が怖いと思うこともある。

そうこうしているうちに、終業のチャイムが鳴った。今日子にとっては、救いの鐘《かね》だ。一旦この時間を打ち切って、仕切り直しをすることができる。日直に号令を促し、六時間目の授業を終わらせる。資料の束《たば》と、私物の入った小さなバッグを抱え上げて、逃げ出すように教室を後にした。授業の後には生徒たちの質問を受けたり雑談したりすることもあるが、今日に限ってはそんな余裕はなかった。

それにしても、参ったなあ。

職員室に向かいながら、自分の手でこめかみを軽く叩く。生徒たちの前では教師でいなければならないが、一歩、学校という世界から日常に戻れば、二十七歳の女がそこにいるだけだ。経験不足もあるし、抱えきれない悩みに苦慮することもある。

今日子が携えている、私物入れ用の小さなバッグ。

中には、「辞職願」と書かれた書面が一通、一週間ほど入れっぱなしになっていた。

2

職員室に戻り、今日子は自分のデスクに座って一息ついた。あまりゆっくりしている時間はない。この後、もう一度教室に戻って帰りのホームルーム、その後は職員会議だ。終わったら、顧問になっている女子バドミントン部の指導。部活が終わって生徒を帰したら、小テストの採点と、提出された生活ノートのチェックがある。学校を出るのは、九時過ぎになるだろう。家に着いて、シャワーを浴びたらもう就寝時間だ。夕食を取る暇もない。翌朝は、まだ暗いうちに起きて出勤、週末も部活の指導で潰れてしまう。

毎日のことだが、今日はなんだか忙しさが堪《こた》える。デスクで、ふはあ、とため息をつくと、目の前にすっとお菓子《かし》が差し出された。驚いて横を見ると、ジャックがにこやかに笑いながら、「What's up?」と囁《ささや》いた。

ジャックは、カナダからやってきたＡＬＴ《アシスタント・ランゲージ・ティーチャー》だ。今日子とは同い年で、来日してもうすぐ一年になる。カナダ人とは言っても、少しスパニッシュの血が混ざっているので、見た目は金髪碧眼《へきがん》のステレオタイプな欧米人とは少し違う。日本のアニメが好きで、「学校」に憧《あこが》れてＡＬＴに応募したらしいが、生徒たちには来日の経緯を内緒にしている。理由は、ちょっと恥ずかしいから、だそうだ。

ジャックはほとんど日本語が話せないので、英語教師で、かつ帰国子女である今日子が半《なか》ば専属通訳になっている。校長はじめ、ほかの教師に日常会話レベルでも英語をしゃべることができる人間はいない。必然的に、今日子とジャックが話す機会は多かった。

「Nothing much」

「どうかした?」とジャックに聞かれたので、今日子は「別にどうもしないよ」と返した。ジャックが隣の席に座りながら、「bullshit」とつぶやいた。職場にはあまりふさわしくない表現だが、他の教師がわからないことをいいことに、ジャックはたまにスラングも使う。

嘘つき、嘘だね。そんなわけないだろ? ジャックの言う「bullshit」は、そんなニュアンスだ。わかっちゃうのかな、と、今日子は自分の頬《ほお》を何度か手で揉《も》んだ。他の教師に会話を盗み聞きされても内容まではわからないだろう、と思うと、ジャックには胸の中のことを素直に吐き出すことができる気がした。

先ほどの、教室での出来事を話す。いろいろ考えごとで頭がいっぱいになって、授業に集中できない。生徒たちよりも、自分のプライベートのことが気になってしまう。

私は、教師失格だろうか。

ジャックは、「Oh, I get it」とうなずくと、「でも、今日子は教師である前に人間だよ」と、外国人らしい言葉をくれた。ともすれば、仕事に殉じろ、と言われかねない日本で、そういう言葉が聞けるのはありがたかった。

どうして辞めようと思っているんだ？　と、ジャックは当然の疑問を口にした。もちろん、最後には「if you don't mind」、差し支えなければ、という言葉をつけてくれた。

今日子が退職を考えているのは、二年交際した恋人との結婚話が持ち上がったからだった。そろそろかな、という気持ちは今日子にももちろんあった。だが、彼が結婚の話をし出したのは時機が満ちたと思ったのではなく、海外転勤が決まったせいだった。

――今日子が一緒に来てくれたら、心強いんだけど。

海外に出れば、おそらく五年は日本に戻ってこられない。下手をすると、十年以上も海外生活が続く可能性があった。彼にしてみれば、結婚して身を固めて新しい仕事に臨みたいと当然思うだろうし、慣れない海外生活をする上で、英語が話せる今日子の助けも必要だ。

彼のことは好きだし、結婚して支えたいという気持ちがないわけではないが、いざ仕事を辞めるという話になると、なかなか踏ん切りがつかなかった。

今日子は、一、二年の英語の担当、そして二年生のクラス担任をしている。北中では、二年から三年に進級するときは特別な事情がない限りクラス替えは行わないし、担任も代わらない。二年生の間に生徒たちの環境を安定させ、高校受験に集中してもらおうという配慮だ。このままいけば、来年度は初めて三年生のクラス担任となって、卒業生を送り出すことになるはずだった。

今、今日子が辞めてしまえば、学校にも生徒たちにも少なからず迷惑をかけてしまう。それに、教師になった以上は「卒業生を無事に送り出す」という最大の仕事をやり遂げたいという思いもあった。

彼の海外赴任は九月。遅くとも一学期が終わるまでには結論を出さなければならない。きっと、今日子が自分の仕事を選んだとしたら、彼は別れを切り出すだろう。先の見えない遠距離恋愛は難しいだろうし、同じ県内に住んでいる今でさえ会う時間などほとんどないのだ。遠く離れることになったら、さすがに未来はないと思うに違いない。それを責めることはできない。

結婚か、仕事か。こんなわかりやすい二択に挟まれて身動きが取れなくなるとは思っていなかった。悩んでも答えが自然と出るものではないし、自分で結論を出さなければいけないのだが、毎日の忙しさにかまけて、考えることを先送りし続けていた。それが、授業中、ふっと時間が空いた時なんかに頭を埋め尽くして、いっぱいいっぱいになってしまう。

話を聞きながら、ジャックは何度も相槌《あいづち》を打っていた。気持ちはわかるよ、とか、難しい問題だ、というフォローは入れてくれてはいたが、最終的にはやっぱり、「決めるのは自分」というところに行きつく。

そうだよね。わかってるんだけど。

どうやっても、答えは見つからない。だとしたら、答えを出すこと自体、諦めてしまおうかとも思った。このままなにもせずにいれば、彼が結論を出してくれるだろう。おそらく、寂しい決断になるだろうけれど、今日子は受け入れる努力だけすればいい。

頭の中で思っていることは、表情や言葉の端っこを通してジャックにも伝わってしまったのかもしれない。話の最後、ジャックは「今日子が学校を辞めるのはすごく寂しいことだけど」と前置きをした上で、小さい頃に習ったという、英語のことわざを一つ教えてくれた。

――Procrastination is the thief of time.

直訳すると、「ぐずぐずすることは、時間を盗む泥棒である」となる。つまり、「結論を先送りすることは、時間を無駄にする」という意味だろうか。

時間を盗む泥棒、か。

ジャックの差し入れてくれたチョコレート菓子を口に含んで、今日子は再び現実世界に戻ることにした。

3

よくしゃべるジャックがいなくなると、今日子の周りは急に静かになる。

今日は珍しく、この時間まで校長先生が学校にいる。校長会の会合があった後、教材費の決裁のために学校へ戻ってきたようだ。校長室は職員室の奥にあるが、扉はいつも開放されている。扉の常時開放は今の校長先生になってからの施策で、教職員や生徒との風通しをよくしよう、というねらいがあるようだ。

今日は、校長先生と話ができる。退職の話を切り出すのなら、もう今しかない。

「高巻先生は、まだお仕事？」

「あ、はい、この後、部活の指導が」

「若い先生は忙しいね。ほどほどにして帰りなさいね」

トイレにでも行こうとしたのか、校長室から出てきた校長先生が、今日子に声をかけた。校長先生が教員とコミュニケーションを取ろうとするのは珍しいことではないが、自分の様子がおかしく見えたのではないかと、少しドキリとする。

「あ、あの、校長先生」

「ん？」

「後で少しだけ、お話を聞いて頂いてもよろしいでしょうか」

校長先生は今日子の顔を見て、少しきょとんとした顔をした。

「例の、怪盗騒ぎのお話ですかね？」

ずきん、と胸が疼く。主に二学年のクラスで、生徒の持ち物の盗難が相次いでいることは、職員室でも話題になっている。今日子のクラスでも、少なくない数の盗難が発生した。もし、犯人が今日子のクラスの生徒だったら、担任の責任が問われることになるかもしれない。

「あ、いえ、すみません、それとはまた別なんですが」

「いいですよ。僕はまだ少し仕事をしていますから、手が空いたら校長室にいらっしゃい」

その前にちょっとトイレ、とはにかみながら、校長先生は職員室を出て行った。歳のわりに愛嬌のある後ろ姿を見送ると、今日子は大きくため息を一つついた。

校長先生に、辞職の相談をする。

そう決めたのに深い理由はない。このタイミングで校長先生と話す機会が訪れたのは、仕事よりも結婚を選んだ方がいい、と神様が言っているような気がしたのだ。どうせ、考えても答えは出ない。ぐずぐずしているのは時間の無駄。ジャックの言葉が頭に響いていた。


でも、本当に、自分は「先生」であることを辞めるのだろうか。


今日子が教師になろうと思ったのは、自身が中学生だった頃のことだ。

父の仕事の都合で、今日子は三歳から十年間、海外で生活していた。中学校に上がるタイミングで帰国して日本の学校に通うことになったのだが、言葉も、習慣も、空気も、今日子にとっては別世界だった。

今日子はそれでも変に迎合することなく、それまでのスタイルで学校生活に臨んだ。授業中は積極的に質問したし、自分の意見ははっきりと言う。別に意識したわけではなく、そうすべきだと小さい頃から習ってきたからだ。

今日子が自分の長所を一番発揮できたのは、やはり英語の時間だった。英語の授業の内容は、向こうで言う小学校《エレメンタリー・スクール》の初歩か、幼児向けの教育番組でやる程度の内容だ。当然、今日子にとっては欠伸《あくび》が出るほど簡単なものでしかない。国語、特に漢字が苦手な分、英語で取り返してやろうという気持ちがあった。

ある日の授業中、教科書の音読に指名された今日子は、いつもどおりすらすらと文章を読み上げた。だが、読み間違えもなく、途中で噛んだりつっかえたりすることもなかったはずなのに、ふと気づくと、数名の生徒が今日子を見てくすくすと笑っていた。嘲《あざけ》りを含んだ、嫌な笑いだ。

なぜ自分が笑われているのかが理解できず、今日子は混乱した。その後も、今日子が英語の教科書を音読する度に、ひそかな笑い声は起きた。納得がいかない今日子は、いつも笑っている男子を一人捕まえ、なぜ笑うのかと問いただした。男子生徒はしばらくはぐらかそうとしていたものの、今日子があまりにもしつこく食い下がるので、最後は半ば怒ったように答えた。

——日本人のくせにガイジンのマネして、ダセえんだよ。

今だったら、なにを言っているんだといくらでも反論できるとは思うが、まだ思春期の最中だった今日子には「ダセえ」という一言があまりにも衝撃だった。自分が得意だと思っているものを認めてもらえず、自然にしているはずなのにダサいとまで言われてしまったのだ。アイデンティティは、大きく揺らいだ。

その日から、今日子が見る世界は一変してしまった。一度自信を喪失してしまうと、なにが正しいのかわからなくなる。よくよく周りを見ると、授業中に手を上げて自ら質問することも、学級会の時間に自分の意見をはっきり言うことも、クラスメイトたちは避けていた。教師でさえもがその空気を当然のものとしていて、生徒が積極的に授業に参加してくると面倒くさそうな顔をすることがあるくらいだった。

自分は、みんなと違う。

英語の時間、教科書の音読の番が回ってくると、今日子は迷った。いつも通り読み上げれば、きっとまた「ガイジンのマネ」と笑われる。迷った挙句《あげく》、今日子は自然な発音を封印し、先生や他の生徒と同じような「カタカナ英語」を使うことにした。そうすれば、周りに溶け込める。

今日子の急な変化にも、クラスは特に反応しなかった。出る杭《くい》がようやく打たれて、同じ目線になったと思ったのかもしれない。だが一人、英語を教える佐藤《さとう》先生だけは違っていた。

——どうしたの？

——いつもの美しい発音じゃないわよね？

美しい発音、という言葉を聞いて、今日子は思わず泣き出してしまった。ダサい、と言われたものが、今度は美しいと言ってもらえる。言葉をどう受け取っていいのかわからなくなってしまったのだ。

　おおよその事情をくみ取った先生は、凛《りん》とした声で、クラスの生徒全員に向かって話し始めた。どうして、わざわざ目の前にある美しいものを踏みつけるのか。見えないのか、見ないふりをしているのか。こんなに生きた英語を身につけた友達はそうそういないのに、どうしてその幸運を自ら潰すようなことをするのか。

　曲がったことが大嫌い。思ったことは歯に衣着せずにズバリと言う。佐藤先生はそういう先生だった。決して怒鳴り散らすような声ではないが、真ん中に芯《しん》が一本通った佐藤先生の言葉は、生徒たちにも響く。今日子には、小柄な女性である佐藤先生が、男の先生よりも大きく、強く見えた。

　その日以降、今日子の英語はみんなから「特技」として認められたように思う。「私より発音が美しいから」と、佐藤先生は授業中に発音のお手本を今日子に任せるようになった。

　あの時、自分を曲げてしまったことを先生に黙殺されていたら。そう思うとぞっとする。きっと、今日子の中学校生活はまったく違うものになっていて、その後の人生や人間性も大きく変わっていたかもしれない。今日子にとっては、救われた、という思いが心の中に深く残っている。

　自分も、子供たちの人生をよい方向に導くような先生になりたい。

　佐藤先生への感謝は、いつしか教師という仕事への憧れに変わっていた。今日子は、憧れを憧れで終わらせることなく、高校卒業後に教育系の大学に進み、念願の中学教諭の職に就いたのだ。結婚の話が出ているとはいえ、そう簡単に教師を辞めます、とは言えなかった。

だが、それでも。

校長先生が、今日子にちらりと視線を寄越してから校長室へ戻っていく。いつでもどうぞ、ということだろう。

退職をする場合、本来は十一月までに退職願を出し、年度いっぱい勤め上げるのが暗黙のルールだ。自治体の規定では、退職二週間前までに申告すること、となっているが、自国の新学期が九月であるＡＬＴ以外、一学期終了時点での退職はあまり例がない。新しい校長先生は温厚な人柄で比較的話しやすい人だが、それでも無茶を言わなければならないと思うと気が重くなった。

デスクの上に置いてあった、私物入れ用の小さなバッグを手に取る。今日子はファスナーを開け、中から辞表を取り出そうとした。

「あれ？」

バッグの中を、何度も探る。一週間前に入れてそのままにしておいたはずなのに、封筒が見当たらない。家に置いてきたのだろうか。思い返しても、バッグから封筒を取り出した記憶はなかった。

どういうことだろう。今日子は呆然としながら、中身をすべて取り出して空になったバッグをデスクの上に置いた。

4

「なんかさ、最近、先生おかしいよな」

放課後、部活が始まるまでの間、石川ダイキは数名の友人と雑談をしていた。いつものように、教室の端にある先生用の机の周りに集まる。クラスを見渡せるこの場所は、ダイキにはなんとなく居心地がよかった。

「そうかな」

「ＬＨＲの時もそうだけど、授業に集中してないっつうかさ」

「いろいろあんじゃないの、先生も」

「なんだよ、いろいろって」

「いや、知らねえけど」

知らねえのかよ、と、ダイキが適当なことを言うクラスメートにツッコミを入れる。どうやら、他の生徒たちは、担任の先生の様子がおかしいことなどあまり気にならないらしい。先生にだって事情があるんだろ、と、冷めた目で見ている。

「な、委員長もそう思わねえか？」

少し離れた教壇の上で、ダイキと同じ学級委員の小森モモが、ＬＨＲに行われたディベートのレポートをまとめていた。ディベートの時間にメイン司会をダイキがやることを条件に、レポート作成はすべてモモに任せている。どうも、モモはみんなの前に立って目立つのが苦手らしい。

目立つのが好きで、文章を書くのが苦手なダイキと、利害が一致しているのだ。

ダイキが腰を上げてちらりと見ると、モモはノートにびっしり書き込みをしていた。ラインマーカーや付箋紙を駆使して、見やすさも完璧だ。こういう細かい作業をやらせると、モモの右に出るものはいない。

「さあ」

「なんだよ、委員長まで冷てえなあ」

「だって、私たちには関係ないことだし」

いやそうだけどさ、と、ダイキは口を尖らせた。自分に関係がなくても、道端に子ネコが捨てられていたら気になるし、おじいさんが倒れていたら手を貸すことだってある。まして、ほぼ毎日顔を見る先生の様子がおかしいのだから、気になって当然だろ、とダイキは思うのだが。

「そんなことより、付箋紙取ってくれない？」

「付箋紙？　ああ」

ダイキの手元には、各クラスにある備品入れがあった。セロハンテープや接着剤といった消耗品の中に、付箋紙も各色置かれている。個人のノートなどに使用するのは禁止されているが、モモのように、クラスのための資料を作成する場合には、使用が認められている。

「付箋、ねえぞ」

「え、困る」

ほら、と、ダイキは備品入れをモモのいる方向へ傾けた。いつもなら各色、二、三束の付箋紙が常備されている印象があったが、備品入れの中には付箋紙の姿はなかった。モモの手元をちらりと見て、おまえが使い切ったんじゃねえか？　と思ったが、指摘することはやめておいた。

「先生の机の引き出しに入ってない？　たまに、先生が自分用に入れてあったりするんだけど」

「引き出し？」

ダイキが、目の前の引き出しに手をかけ、引っ張り出す。椅子に座って正面にある浅い引き出しには鍵がかからない。教師用の机は、あまり「人の机」という意識がない。半ば当たり前のように覗いた引き出しの端に、ピンクと黄色、二色の付箋紙が並んでいた。

「黄色とピンク、どっち」

「黄色」

怪盗インビジブルかよ、と笑いながら、ダイキは黄色の付箋紙の束をモモに投げた。モモは両手でしっかりと付箋紙を受け止めると、ありがとう、と一言言って、また自分の作業に戻る。

使われなかったピンクの付箋紙を戻そうと、引き出しに目を戻す。ダイキの目が、一通の封筒に吸い寄せられた。付箋紙の下に敷かれるようにして置いてあった封筒には、「辞職願」という三文字が書かれていた。

「おい、これ」

封筒を拾い上げたダイキが、周りの友人たちに見せる。封はしっかりとされていたが、「辞職願」の三文字だけで、中の文章を読まなくてもどういうものなのかは一目瞭然《りょうぜん》だった。

それまで、先生のことには興味ねえよ、という態度だった友達も、生々しい封筒を見ると途端に騒ぎ出した。掃除当番の生徒たちも声を聞きつけて集まってきて、あっという間に騒動の輪が広がっていく。期せずして騒ぎの中心になってしまったダイキは、今度は「あんまり騒ぐな」と言い出す羽目になった。

先生、辞めちゃうのか。

人の秘密を盗み見てしまったバツの悪さは、なかなか消化できずに腹の中でもやもやと溜まってしまう。騒ぎを鎮静化させようと孤軍奮闘しながら、ダイキは、見なきゃよかった、と舌打ちをした。

5

部活の指導が終わると、さすがに外は暗くなっていた。バドミントン部の生徒たちを帰し、今日子はジャージ姿のまま校舎に戻った。職員室ではなく、先に自分の担任する二年二組の教室に立ち寄る。誰もいない教室の電灯をつけた瞬間、きれいに並んだ机が無言のまま一斉に今日子を見た気がして、ぞわりとする。

教室端に置かれた教諭机に近づいて、引き出しを開ける。袖机の引き出しを上から順に確認し、最後に、椅子に座って正面にあるセンター引き出しを開けた。引き出しの中には、数枚のプリントと、ピンク色の付箋紙が入っているだけだ。

「ない、なあ」

どこに置いたっけ、と、今日子は頭を抱えた。辞表が入った封筒はバッグの中に入れておいたはずだが、もしあるとするなら教室の机の中だと思っていた。そこにもないとすると、本格的にどこに置いたか見当がつかない。もはや消失というレベルだ。

まさか、本当に消失したのでは。

物体が自然になくなるなんてことはありえないけれど、もしかしたらいろいろな偶然が折り重なって、自分の手元から消えて行ったのかもしれない。それこそ、「怪盗インビジブル」が盗み出していったとか。

怪盗インビジブルの話は、北中に赴任してしばらくしてから生徒たちに教えてもらった。北中七不思議の一つ、目に見えない透明な怪盗。怪盗インビジブルは、人の一番大事なものを盗んでいくのだという。辞表そのものが一番大事なものとは言えないが、人生で一番大事なものを取捨選択しなければならない、という意味では、確かに大事なものかもしれない、と今日子は思った。

でも、どうして？　なんのために？

「辞めるな、ってこと、ですか」

佐藤先生――、と、今日子の口からかすかにその名前が漏れた。先生に救われて教師を目指すようになってから今まで、今日子は理想とする教師の姿を追いかけ続けてきた。曲がったことには毅然とした態度で反対し、なによりも生徒のことを思い、時に愛のある厳しい言葉を生徒の胸に刻み込む、佐藤先生のような理想の教師。

だが、現実はそう簡単ではなかった。

教師の仕事は、今日子が思っていた以上にハードだった。授業の準備や研究、事務仕事に追われて、生徒一人一人と向き合う時間などほとんどない。力のある先生ならきっと、外野の雑音など捻じ伏せて、己の信念を貫き通すのだろう。けれど今日子は、与えられた仕事をこなすのが精いっぱいだった。

結局、今日も校務に忙殺されて、生徒たちの心に思いを寄せる時間などなかった。職員室には、生徒たちから集めた生活ノートがまだ手つかずのまま積んである。生徒たちの生の声が聞ける貴重な手段であるはずだが、今日はまだ見ることができていない。中には、長文で真剣に悩みを吐露《とろ》する生徒もいるが、返事は一行程度、当たり障りのない言葉を返すしかない。なんのためのノートなのか、といつも思うが、体がついていかないのだ。

さっきは、神様に「もうさっさと辞職の話をしてしまいなさい」と言われているような気分だった。それは、生徒たちへの後ろめたさが作り出した声だったのかもしれない。


なんで諦めるの？

まだたった五年じゃないの！


今日子の辞表を拾い上げ、どこかに持ち去っていく佐藤先生の後ろ姿が目に浮かんだ。辞表が消えてしまったせいで、校長先生との話は保留になっている。結婚を申し込んでくれた彼には、まだ明確な答えは伝えていない。今日子が教師としての夢を追うのであれば、取り返しはつく。

佐藤先生、やっぱり私、教師として――。

「先生」

急に声をかけられて、今日子は驚いて顔を上げた。見ると、教室後方の扉から、小森モモが静かに入って来ていた。

「あれ、小森さん、まだ残ってたの？」

「さっきまで部活で。でも、今日中にＬＨＲのレポートを提出したかったので、先生を探していたんです」

「私を」

「バド部の練習は終わってたみたいですし、職員室にいらっしゃらなかったので、教室かなって」

モモは、確か写真部に所属している。北中写真部の歴史は長いようだが、今は写真が趣味の教師が半ば道楽で顧問をやっているような部で、部員は三学年合わせても数名ほど、活動は学校のホームページや校内新聞の写真を撮影することくらいだ。もちろん、小森モモは承知の上で部に所属しているようだ。

小森モモという生徒は、よくも悪くも非常にはっきりした子だ。成績は学年でトップクラス。推薦入試を狙っていることもあって、学級委員を引き受けたり、ろくに活動のない部活に入ったりするのは内申点対策だろう。とはいえ、一旦引き受けた役割については、絶対に手を抜かない。受け取ったレポートを見ると、誰がどういう発言をして、ディベートがどういう流れになったのかが、驚くほどわかりやすく記述されていた。教師に判断を委ねるところや、発言者の意図と他の生徒の解釈が異なる可能性があるところには付箋紙が貼られ、丁寧な注釈までつけられていた。

「今日中でなくてもよかったのに」

「こういうの、持ち帰るのが好きじゃないので」

大人びていて、完璧主義。素直な熱血タイプの石川ダイキとは、性格も雰囲気も真逆だ。

「ありがとう。きれいにまとまってて、毎回助かる」

「あ、それから」

モモは、左右に目を走らせて誰もいないことを確認すると、スクールバッグから白いものを取り出し、教諭机の端に置いた。自分でもはっきりわかるほど、今日子の顔から血の気が引いていった。モモがそっと置いたのは、封筒だ。見慣れた字で「辞職願」の三文字が記されている。

「え、あ、これ」

どこに？　と聞くのが精いっぱいだ。まだ自分の心も定まらない段階で生徒に辞表を見られるなんて、最悪だ。

「先生の机の引き出しに入ってたのを、石川君が偶然見つけてしまって。騒ぎになりそうだったので、私が預かって先生に返すことになりました」

「あちゃー、机に入れちゃってたのか」

冗談めかしてごまかそうとはしてみるけれど、モモはにこりともしてくれない。騒ぎになりかけたということは、少なくない数の生徒が今日子の辞表を目にしてしまったのだろう。さっき思っていたよりも最悪だ、と、今日子は胸の中で大きなため息をつきながら、封筒をそそくさと自分のバッグにねじ込んだ。

「いつなんですか？」

「いつ？」

「退職されるの」

「あ、いや、その、退職するか決まってるわけじゃなくて」

「え、そうなんですか」

「うん、まあ、迷ってる段階」

「石川君たち、サプライズするんだって張り切ってましたけど」

ずきずきと頭が痛む。こんなことになってしまった以上、生徒たちにはある程度事情を説明しなければならないだろう。プライベートなことを学校で話すのには抵抗があるが、下手に隠そうとすると生徒の不信感を深めてしまう恐れがあった。

どうして迷ってるんですか？　と、モモが当然の質問をする。モモは、ジャックと同じように「差し支えなければですが」という言葉を付け加えた。詳しく話すつもりはなかったので、「結婚」「海外転勤」という言葉を遠回しに伝える。勘のいいモモなら、それで大体わかってくれるはずだ。

「結婚するなら、そっち優先した方がよくないですか？」

「え、そうかな」

「こんなところで先生やってるより、海外行った方がいいと思いますけど」

悪気はないのだろうが、教師という職業が軽視されているようで、モモの言葉を呑《の》み込むのに少し引っかかりを感じる。

「でも、ね。やっぱり、君たちもいるし。自己都合で勝手に辞められないしなって思って」

辞表が消えたのは神様の意思でも怪盗の仕業でもなく、自分のヘマであっただけかもしれない。でも、おかげで少し頭を冷やす時間ができた。やっぱり、自分は教師として生きるべきだ。そう思えたのは、怪我の功名だった。

「先生」

「うん？」

いつもとは違う、しんと静まり返った教室。モモがじっと今日子の目を見ている。なんだろう。顔にまとわりついて来るような、じっとりとした視線。

まるで、哀れみや、嘲り、のような。

「担任の先生が代わるくらい、なんてことないと思いますよ」

「で、でも」

「私たちのせいで結婚できなかった、なんて思われるのも重いですし。結婚してもらっても、全然問題ないんですけど」

モモの冷ややかな声が、ほのかに熱を持っていた心に突き刺さった。中学生のくせに、言葉を選んでいる。きっと、もっと辛辣で的確な言葉を、モモは知っているだろう。でも、それを今日子には投げてこない。

モモの言いたいことは、なんとなく伝わっていた。自分でも、うすうすわかっていたことだ。

佐藤先生、私、やっぱり。

教師には向いていなかったんです。

6

夏休みも間近に迫った放課後。

花代、と書かれた小さな箱に、百円玉を入れる。小森モモは小さく舌打ちをした。クラスの生徒全員が一人百円を負担し、退職することになった担任に花を贈るのだという。

バカじゃないの？

退職してしまえば、先生と生徒という関係は切れる。きっと、もう二度と会うこともないだろう。自己都合で辞めていく教師に、生徒がお金を払って花を贈るということの意味が、モモには理解できなかった。そんなことをする義理は別にないし、見返りだってなにもない。

サプライズを計画しているのは、同じ学級委員の石川ダイキだ。二年でサッカー部のレギュラーになるくらい運動神経がよく、クラスでも目立つ存在だ。だが、脳みそまで筋肉でできているのか、単純で思慮が浅い。サプライズだなんだと騒ぎ立てるのも、どうせ「そういうもんだろ？」くらいのことしか考えていないのだろう。タチが悪いことに、下手に求心力があるせいで、クラスが石川の意見に流されてしまう。

　みんな、担任の先生がどうなろうが関係ないはずだ、とモモは思う。石川に賛同する生徒の中に、本心から「先生、お世話になりました」なんて思っている人間が何人いるだろう。どうせ、サプライズという自己満足に浸りたいだけだ。

　担任の高巻今日子は、よくも悪くも普通の先生だった。生徒の抱える問題には鈍感で、生徒の人生の指針になるような言葉を持っているわけでもなく、生徒のために親身になってくれることもなかった。毎日、同じように学校に来て当たり障りのないことを言い、教科書通りに授業をして、また自分の生活に戻っていく。問題のある教師ではないだろうが、いい先生と言うにはほど遠い。よく言っても凡庸、厳しく言えば無能だ。

　なのに、石川をはじめとするクラスの連中は、高巻今日子を「いい先生」に祭り上げて、感動の別れを作り上げようとしている。そうであってほしいと願っていることを無理矢理でっちあげて、既成事実にしようとしているのだ。

　学級文庫に並ぶ本の中に、怪盗ルパンのシリーズとロビン・フッドの伝記が混ざっているのが見える。モモは、その二作が虫唾《むしず》が走るほど嫌いだった。どれほどカッコつけようと、どれほど正当化しようと、アルセーヌ・ルパンは泥棒で、ロビン・フッドは盗賊だ。英雄なんかではない。

泥棒は泥棒、盗賊は所詮《しょせん》盗賊。

そして、高巻今日子は「いい先生」なんかじゃない。

無能は、どうやっても無能だ。

モモが指を放すと、箱の中に落ちて行った百円玉が、鈍《にぶ》い金属音を立てた。すでに、ほぼ全員分の百円玉が積み上がっているらしい。石川が、呑気《のんき》な顔で「まいどあり」などとくだらないことを言う。

放課後のクラスでは、みんなが頭を突き合わせて、模造紙を広げていた。どうやら、離任の日にどこかに貼り出す掲示物を作っているらしい。もちろん、先生に内緒で。切り抜かれた字を見ると、「先生ありがとう」というメッセージを作ろうとしているように見えた。一字ごとに台紙と文字を切り抜いた紙を組み合わせて、七つの掲示物が出来上がるようだ。

「あ、小森さ」

「なに?」

「もし、暇だったら手伝って行ってくんない? おまえ、こういうの得意そうだし」

バカじゃないの。

もう一度、胸の中でクラス全員に向かって悪態をつく。こんな時間の無駄遣いなんかやってられない。

「悪いけど、用事あるから」

「なんだよ、冷てえなあ」

モモは、ごめんね、と上辺だけ謝って、教室を出ることにした。冗談ぽくごまかしてはいたが、冷たいな、と言った石川の目には、失望と苛立《いらだ》ちがほんの少し見えた。

冷たい、ね。

少し前、高巻今日子と二人で話した時のことを思い出した。教師を辞めるかどうか悩んでいると甘ったるいことを言うので、モモはつい本心を出してしまった。あんたがいたって辞めたって、このクラスも、この学校もなにも変わりはしない。高巻今日子はショックを受けたような顔をしていたが、たぶん、自分でもわかっていたのだろう。怒りの表情をみせることなく、モモの言葉をぐっと呑み込んだ。

あの人はさ、ここから逃げていくんだよ。
なのに、ありがとう、だって。
そんな言葉、あの人には――。

バカじゃないの。モモは口を閉じたままそうつぶやき、騒がしい教室を後にした。

7

時が経《た》つのは本当に早い。ついこの間始業式をやったばかりのつもりなのに、もう一学期の終業式の日を迎える。始業式の時には肌寒かった体育館は、夏の熱気で蒸し風呂のようだ。

壇上に立った今日子が全校生徒に離任の挨拶を終えると、さざ波のような拍手が起こった。音からは、生徒たちの感情は読み取れない。儀礼的で、機械的な拍手だ。

初めて教師として壇上で挨拶をしてから、丸五年と少し。最後は、あっけないものだった。四十年近く勤め上げた後だったら、生徒たちの拍手の音はもう少し違ったものになっていたのだろうか。


結局、今日子は退職の道を選ぶことにした。


自分はまだ、教師としてなにも成していない。そう思い込もうともしたが、できなかった。小森モモの言葉で、今日子は覆い隠していた自分の心を丸裸にされてしまったからだ。

理想はあった。それを実現しようとする情熱も持っていた。けれど、それらに見合うだけの能力が、今日子にはなかった。

このまま何十年働いても、佐藤先生のような教師にはなれない。心の奥底では、わかっていた。意地を張って教職にしがみついても、誰も幸せにはならない。生徒も、恋人も、そして自分も。小森モモの言葉は、残酷なほどはっきりと、その事実を今日子に突きつけた。逃げ場を失った今日子に残されていたのは、退職という選択だけだった。

一学期終業式兼離任式は、プログラムに沿《そ》って粛々《しゅくしゅく》と進められた。最後に校長先生が夏休みの生活について注意をし、式は終わった。三学年の生徒から、ぞろぞろと体育館を出ていく。

離任式を終えたとはいえ、最後の仕事が残っている。来賓《らいひん》やPTAの役員のところに行って、突然の退職となったことについて謝罪をして回る。ひと通り挨拶が終わったら、教室に戻って最後のHRだ。

「Kyoko!」

PTA会長から浴びせられる皮肉に堪えていると、後ろから腕を摑まれた。ジャックだ。慌てた様子で、ちょっと手伝ってほしいことがある、と英語でまくし立てる。英会話には忌避《きひ》効果でもあるのか、今日子を取り囲んでいた「純日本人」たちが、さっといなくなった。

ジャックに手を引かれるままついていくと、体育館から外に連れ出された。体育館の外廊下にはなぜか、今日子の靴《くつ》まで用意されている。ジャックは今日子の手を引いて、校庭に連れて行こうとしている。

――サプライズするんだって張り切ってましたけど

体育館を出る途中で、この後一体なにが行われようとしているのか見当はついてしまった。きっと、石川ダイキをはじめとする生徒たちは、去っていく今日子をどう送り出すか、いろいろ考えてくれたのだろう。ノリのいいジャックは、仕掛け人を頼まれたのだ。

だけど。

お願い、やめて。

今日子には、そんなサプライズで送り出してもらうだけの価値なんかない。自分は、生徒たちを捨て、教師という職業から逃げていくのだ。妥協と諦めで選んだ道を祝われてしまったら、どうすればいいだろう。

校庭の正面には、校舎がある。ジャックが今日子の背中を押し、ととん、と周囲に身を隠すところのない場所に立った。その瞬間を待っていたように、二年二組前のベランダに、生徒たちが溢れ出してきた。

「高巻先生！」

クラスの男子が、声を張り上げる。なにが起きているのかと、他のクラスの生徒たちがぞろぞろと外に出てきた。体育館からも教職員や来賓が出てきて、今日子の「公開処刑」を見物しようとしている。

「短い間でしたが、お世話になりました！」

ベランダに並んだ三十数名の生徒が、一斉にリコーダーを取り出した。吹奏楽部に所属している生徒の指揮《しき》に合わせて、一斉に笛の音が響いた。

白い光りの中に

山なみは萌えて

リコーダーが奏《かな》でるメロディーが、今日子の頭に歌詞を浮かび上がらせた。本当なら、この生徒たちが三年生になって、受験を乗り越え、北中を去っていくときに今日子が聞くはずのメロディーだった。

「お願い、やめて」

なにもできなかった自分を、無責任にすべてを放り投げて去ろうとする自分を、神様は断罪しようとしているのだろうか。ふがいない自分に注がれる生徒たちの想いを、どう受け止めて、どう消化すればいいのか、答えが見当たらない。

数名の生徒が、ベランダに大きな掲示物をぶら下げた。大きなボール紙に模造紙が貼りつけてあって、字が切り抜かれている。一つ目は、「先」の字だ。続いて、「生」「あ」と続く。


「先」

「生」

「あ」

「り」


そこまで並べば、大体どういう言葉が続くのかがわかる。生徒たちが文字の書かれたボール紙を一枚吊《つ》るすたび、胸がぎゅっと締めつけられた。


先生、ありがとう。

そんな言葉を見てしまったら、きっと。

もう、二度と。

だが、五枚目にあたる位置の生徒が、なにやらまごついている。一体なにが起きているのだ？　という空気が蔓延《まんえん》していくと、明らかに焦った表情の生徒がぴょこんとベランダから顔を出して、隣に向かって首を振った。

「と」

「う」

急に、今日子を取り巻く空気が変わった。あるはずの「が」がないまま、メッセージボードが完成してしまったのだ。「先生ありとう」。なんとも間の抜けたメッセージが、それまでの雰囲気を一気に破壊した。ベランダから身を乗り出して見ていた生徒たちが、なにそれ、と笑い出し、体育館脇で固唾《かたず》を飲むように見守っていた教職員たちも、なんだそりゃ、と笑った。

それまで張りつめていた今日子の緊張も、ふわりと解けていった。なにそれ、と、「ありとう」の意味を考えているうちに、内側から感情が溢れ出しそうになっていた体から、すっと力が抜けていた。

ベランダの下に石川ダイキが駆け寄り、三階を見上げながら、おい、なにやってんだ、というようなジェスチャーを送っている。どうやら、なんらかのハプニングが起きたようだ。

ふと気がつくと、いつの間にか小森モモが近づいて来ていた。手には花束を持っている。小森モモは今日子の前に立つと、足を止めた。花束を渡してくれるわけでもなく、しゃべりかけてくれるわけでもない。

「あ、あの」

「この後、感謝の手紙を朗読して、花束贈呈があるんだそうです」

小森モモが顔でダイキを指す。ああ、そういう、と、今日子は納得した。

「どうしちゃったの？　あれ」

「さあ、私にはよくわからないです」

「そっか」

「先生」

「ん？」

「嫌じゃないですか？　こういうの」

「こういうの？」

「押しつけがましいサプライズとか」

押しつけがましい、と言いながら、小森モモが本当に嫌そうな顔をするので、今日子は思わず笑ってしまった。ダイキはまだ三階の同級生とやり取りしている。後ろから見ると不格好《ぶかっこう》でかわいらしい。

「まあ、あんまり慣れてないかな」

「なんか、泣けって言われてるみたいで、嫌なんですよね」

小森モモと話しているうちに、石川ダイキが息を弾ませながら「当初予定していた位置」に戻ってきた。本当なら、「先生ありがとう」の文字を背景に、石川がお礼の手紙を読み上げるという演出になっていたようだ。生徒が自発的に計画したにしては、なかなか手が込んでいる。「押しつけがましい」と切って捨てるのは少しかわいそうな気もする。

「石川君」

「あ、はい」

「ありとう、って」

ああ、と、ダイキが顔を歪《ゆが》めた。

「盗まれたんですよ、『が』を」

「盗まれた?」

「怪盗インビジブルに」

ちゃんと作ってたのに、と、サプライズの企画者は悔しそうな表情を浮かべた。昨日までは「先生ありがとう」の文字が揃っていたはずなのに、サプライズ直前になって、「が」がないことに気がついたのだという。後には、ネコの描かれた黄色い付箋紙が残っていたそうだ。

「なんで、『が』なんか」

「一番大事な字だったからじゃないっすかね。『が』がないと、なんか気が抜けた感じになっちゃって」

すみません、と、ダイキが頭を下げようとするので、いいの気にしないで、と、急いで止めた。

そうか。

怪盗インビジブル。

怪盗インビジブルが、なにを思って「が」を盗んでいったのかはわからない。文字列の中で一番大事な音を抜き去ってサプライズを滅茶苦茶にしようと画策したのだろうか。それとも——。

メッセージが完成していたら、きっと堪えられなかった。

もし「が」が残っていたら、今日子は感動に押し潰されて、泣き出してしまっただろう。こうして、ダイキの顔を正面から見ることなんてできなかった。周囲からはサプライズ成功に見えるのだろうが、今日子にとっては、敗北の宣告に他ならなかった。

怪盗インビジブルは、サプライズの空気の中から、今日子の涙を盗み取っていった。おかげで、少しだけ気が楽になった。きっと、一生消えない後悔は残るだろうが、それでも、明日からの新しい人生に、顔を上げて向かっていける。そんな気がした。

ダイキが、もう読み上げる空気じゃないから、と、今日子に手紙を手渡し、大きなため息をついた。小森モモはようやく不本意ながら持たされていた花束を今日子に渡した。感動のフィナーレとはいかなかったけれど、周囲から笑いの混じった温かい拍手が今日子に送られた。

「小森さん」

「はい」

「たまには悪くないね、サプライズ」

困惑したような表情を浮かべる小森モモと、なに、どういう意味、と首を捻る石川ダイキ。そして、ベランダに出た二年二組の生徒たち。「先生ありとう」の文字。やっぱり、おかしくて笑ってしまう。

「みなさん！」

どうもありとう！

今日子がそう叫ぶと、どっ、と笑いが起きた。ダイキだけがやや不満そうな顔をしていたが、笑いの渦の中、今日子は抱き続けた自分の夢に向かって、さようなら、と手を振っていた。

intermedio

夏休みが明け、二学期が始まった。生徒たちのいる騒々《そうぞう》しい毎日が戻ってきて、職員たちがまた余裕のない顔で校務をこなそうとしている。

ふと、右手に見える空席に目が行った。一学期の終わりに離任した高巻先生の机だ。後任探しは難航したが、他校で産休の英語教師のヘルプに入っている教師を北中に回してもらえることになった。だが、産休の教師が復帰するまでには、まだ一ヵ月かかるそうだ。

ぽっかりと空いた机の隣で、ＡＬＴのジャック・セラーズ先生が資料に目を通していた。今までは、英語が堪能な高巻先生がサポートしてくれていたが、これからは他の教職員との意思疎通が大事になってくるだろう。

「グッドモーニング、ジャック」

真治が話しかけると、ジャック先生が驚いたような顔で、「オハヨウゴザイマス」「コウチョウセンセイ」とたどたどしい日本語で挨拶をした。話しかけたはいいが、英語に疎《うと》い真治には、その先なにを言っていいかがわからない。あー、うー、と口ごもった末、出てきたのは普通の日本語だ。

「高巻先生がいないと、困るよね」

困る、っていうのは英語でなんて言うんだっけ、と、困り果てる。ジャック先生も困った様子で、キョウコ、と意味のわかった単語だけ拾う。これでは、先が思いやられる。どうしたものかと頭が痛んだ。

「ヘイ、モンキーサン!」

急に、ジャック先生が立ち上がって誰かを呼んだ。視線の先にいたのは、小林さんだ。いつものようにサスマタを担いで巡回に出ようとしている。ジャック先生が小林さんを引き留めて、なにやら英語でまくしたてた。小林さんはしばらくきょとんとしていたが、やおら真治に向き直ると、で、なにが言いたいんだ?　と聞いてきた。

驚いたことに、小林さんは流暢《りゅうちょう》な英語でジャック先生と会話をすることができた。まさか小林さんの昭和な顔立ちから、英語がすらすらと出てくるとは思ってもいなかった。

「小林さん、英語しゃべれるんですか」

「ガキの頃、米軍基地の近くで育ったもんでな」

基地に忍び込んで、酒とか菓子とかよく盗んでなあ、と、小林さんの武勇伝が始まりそうになるのを、真治は必死に止めた。たぶん、学校内で話すには少々刺激が強い話だ。

アリトー、と、ジャック先生が小林さんに頭を下げる。おまえまで「が」を盗まれてんじゃねえよ、と、小林さんは日本語でツッコむと、ジャック先生の頭をひっぱたきながら笑った。

the
phantom
thief

CASE 4

1

きゃあ、という女子の悲鳴が二年二組の教室に響いた。石川ダイキは、虫でも出たのかと、数名の女子が固まっている一角に目をやった。中心にいる女子が両手で顔を覆って泣き出してしまっていて、周りを取り囲む友人たちが必死になって慰《なぐさ》めている。

虫じゃねえな、と、ダイキは席を立った。

「おい、大丈夫？」

お節介と言われればそれまでだが、ダイキはクラスで事件が起きると、首を突っ込まずにはいられない性格だ。ケンカの仲裁をしたり、恋のキューピッド役を買って出たり、とにかくクラスメートの動向を気にしてしまう。別にリーダーになりたいわけではないが、クラス内に不穏な空気が漂うことは我慢ならないのだ。

「石川君、これ」

慰め役の女子が、ダイキに向かって小さな紙片を差し出した。一目見て、ダイキの頬が強張る。差し出されたのは、ネコのイラストが描かれた、黄色い付箋紙だ。

「またかよ」

怪盗インビジブル。

北中に伝わる七不思議のうちの一つ。人間の目には見えない大泥棒。

ここのところ、北中ではその怪盗インビジブルを思わせる盗難事件が相次いでいる。ダイキのクラスでも、一学期の間に数件、同様の事件が起きていた。二学期に入ってさっそくまた起きた格好だ。

もちろん、伝説の「怪盗インビジブル」が実在しているわけではないだろう。誰かが、インビジブルの手口をマネして盗んでいるのだ。いわゆる、模倣犯とかいうやつである。

「怪盗インビジブルのマネをする泥棒」は、盗んだ証として黄色い付箋紙を残していく。付箋紙にはネコのイラストが描かれているけれど、イラストのクセだけでは、個人の特定はもちろん、男女の判断すら難しかった。

「なにを盗まれた？」

「グッズだって」

「グッズ？」

どうやら、盗まれたのは最近人気のK－POP歌手のグッズのようだった。夏休み中に行ったライブで手に入れたもので、メンバーのサインが入ったチェキだそうだ。いわゆるポラロイド写真で、データもネガフィルムもない、世界に一つだけしかないレアものだ。

これだけ盗難が頻発しているのに「怪盗インビジブル」が捕まらないのは、財布や現金といった類《たぐい》のものは一切盗まないからだ。怪盗が狙うのは、盗まれた本人にとってのみ大事なものであることが多い。


卒業した憧れの先輩にもらったピンバッジ。

友達とテーマパークに遊びに行ったときにお揃いで買ったキーホルダー。

試験の時に必ずペンケースに入れているお守り。

カードゲームのレアカード。


今回もそうだ。ダイキには盗まれたグッズがどれほど貴重なものかはぴんと来ないが、ファンならば喉から手が出るほど欲しいものらしい。だが、先生に「大事なグッズを盗まれた」と訴え出たところで、「そんなに大事なら、なんで学校に持ってきたのか」と言われて終わりだ。

警察沙汰《ざた》にするためには被害額が大きくなくてはいけないが、怪盗インビジブルが盗むモノの価値は本人以外わからないということもあって、盗難事件が起きても注意喚起くらいで終わってしまう。余計なものは学校に持ってこない、持ってきているなら自分でしっかり管理する。そういう「自己責任」という空気で事件がうやむやにされてしまうのだ。

だが、それは怪盗インビジブルの思うつぼだと、ダイキは思う。学校が警察に言わない、事件化しない、という姿勢を見せれば、怪盗はより大胆に行動ができる。このままでは、被害者が増える一方だ。

「いつ盗まれた?」

「わかんないけど、たぶんここ何日かの間だと思うんだよね」

「わかんないのか」

「この子、ずっとバッグの同じところに入れてて、毎日見てたわけじゃないから。元気がない時とか、たまに見て癒されてたんだって」

だとしたら、部外者はおろか、同じクラスのダイキでさえ、そのグッズの存在にはなかなか気がつかない。もし、「怪盗」が彼女の一番大事なものを狙って盗んでいるのだとしたら、盗まれた本人のことをわかっていないとターゲットを絞れないはずだ。

つまり、犯人はダイキたちにかなり近い存在ということになる。

考えたくはないが、おそらく犯人はダイキたちの学年の生徒ではないかとみんな思っている。盗難事件は他学年より二年生のクラスで起きることが多いからだ。もしかしたら、今日何気なく話しているクラスメートの中に怪盗がいるかもしれない。そう思うだけでダイキは気が滅入った。


なんでそんなことするんだろ。

教室に忍び込んで息を殺し、じっとダイキたちの様子をうかがう透明な怪盗の姿をイメージすると、なんだか嫌な気持ちになった。こうしている今も、次のターゲットが狙われているかもしれないのだ。

2

体育館裏には相変わらず人の姿がない。きれいに整備された校舎正面と違って、なんだか雑然としている。人の目に触れない場所だし、多少みすぼらしくてもいいと思われているのだろう。

小森モモは学校菜園にずかずかと踏み込むと、もうそろそろ収穫を迎えそうな赤いトマトを一つ、躊躇《ちゅうちょ》することなくもぎ取った。やや形がいびつで、傷も入っている。不格好、と笑うと、かじりもせずに放り捨てた。なぜもいだのかと言われれば、赤くて目障りだったから、だ。

周りに誰もいないことを確かめると、モモはバッグから一枚の写真を取り出した。普通より小さなサイズのポラロイド写真。男性アイドルが笑顔で写っていて、本人のものと思われるサインが添えられていた。男性は化粧《けしょう》をした中性的なファッションスタイルのわりに体つきががっちりしていて、モモにはあまりカッコイイとは思えなかった。むしろ——。

「気持ち悪」

こんなのが人気だなんて、終わってる。モモは鼻で笑った。写真自体に価値など微塵《みじん》もない。モモなら数百円出すのも惜しいくらいなのに、ネット上ではこれが数万円で取引されているのだという。数日前、自慢気に話す女子生徒の顔を少し遠くから見ながら、モモは心の中で「バカじゃないの?」と、せせら笑っていた。

あの女がサイン入りポラロイド写真というなんの役にも立たないものを学校に持ってくるのは、好きなアーティストのグッズを肌身離さず持っていたい、という愛情なんかではない。きっと、同じコミュニティの生徒から送られる羨望《せんぼう》のまなざしが心地よいからだ。自分は、人よりも「持っている」のだと感じたい。持たざる人間を見下し、優越感に浸りたいがために、あの女は写真を持ってきて、ことあるごとに取り出して見せていた。

くだらない。くだらなすぎる。

モモは使われていない焼却炉の投入口を押し上げる。錆《さ》びついた金属の板が、軋《きし》みながらわずかに開いた。隙間にポラロイド写真を投げ捨てると、すぐに音をたてないように元に戻す。

「ゴミ」を捨てて戻ろうとすると、体育館裏に珍しく人の気配を感じた。見ると、男子が二人、並んで裏門に向かっている。制服についている学年章から見て、三年生だろう。背の高い方は、どことなく同じクラスの石川ダイキに雰囲気が似ていた。

モモは、すぐに携えていた一眼レフカメラを構えた。カメラは、写真部の備品だ。女子生徒が一人で普段誰もいないエリアをうろついていれば妙に思われるだろうが、カメラを持っていれば、「なんだ写真部か」で終わる。印象にはあまり残らない。

三年生の男子二人組も、ちらりとモモに視線を寄越したが、別に訝《いぶか》しむ様子もなく、そのまま通り過ぎて行った。

カメラというものは面白い。レンズの背後に隠れてしまうと、一人の人間としての気配が消えていく。モモが自分の目で誰かをじろじろ見ていたら、なんだこいつ、と思われてしまうだろうが、風景を撮影しているように見せかけると人の意識からモモの存在は消えていくのだ。まさか、自分がレンズ越しに見られているとは思わないようだ。

廊下でしゃがみこんだり、他のクラスや特別教室に入り込んでも、カメラを構えていれば風景の中に溶け込める。校内新聞用の写真を撮影するのは写真部の仕事だ。みんな知っているし、誰も疑問を持たない。元々、あまり目立たない容姿のモモは、自分の体が透明になって、存在自体がなくなっていくような気になる。存在を完全に消しながらファインダーを覗いて生徒たちの日常を盗み見ると、平和そうな学校の裏に隠れた本当の世界が見えてくる。

仲が良さそうな女子の集団で、一人が席を立った瞬間に始まる悪口。

教室の陰で、ひっそりと暴力を受けている男子。

どんなにきれいごとで覆い隠そうとしても、中学生の実態は醜《みにく》くて生臭《なまぐさ》い。オトナの世界も相応に汚いのだろうが、子供だって負けてはいない。友情、青春。そんなものはほんのわずかな輝きでしかなくて、窮屈な校舎に押し込まれた人間同士のせめぎ合いがひたすら続いている。見ているだけでもイライラしてくる。

その苛立ちを解消するために、モモは「盗む」ことにした。

カメラ越しにじっと観察しているうちに、多かれ少なかれ、人には「大事なもの」があることに気がついた。自分のアイデンティティであったり、心の拠《よ》り所《どころ》であったりする「モノ」だ。はたかがみればなんの価値があるのだろうと思うようなものでも、本人にとっては他に代えがたいものであることもある。

その「大事なもの」を、モモは盗む。

人が執着しているもの、寄りかかっているものを失うとどうなっていくのかを観察するのは楽しかった。多くは、怒り、悲しむが、やがて喪失感に苛《さいな》まれ、静かになる。だんだん立ち直るような様子を見せるが、盗まれる前の水準までは回復しない。つまり、「盗む」ことで、その人間の価値を一段下げることができるのだ。調子に乗っている人間、人を見下す人間。そういう人間の価値を下げてやることで、生徒たちは少しずつ平等になっていくだろう。

写真を盗まれた女も、それまでさんざん自慢してきたツケを払うことになる。人が「うらやましい」と思う裏には、嫉妬が渦巻いているのだ。写真を盗まれたと聞いて、取り巻いていた連中は内心「ざまを見ろ」と思っていたはずだ。今まで上位にいた人間が自分と同じところに降りてくると、人はなぜか自分より下に置き、見下すようになる。持っていたものを失うということは、人間の立ち位置を劇的に変えてしまうのだ。

盗むことで、学校を少しずつ変える。

それが、小森モモのひそかなねらいだ。

——北中七不思議のひとつ、怪盗インビジブル。

モモには、それが荒唐無稽な作り話だとは思えなかった。北中七不思議のほとんどは他の学校でも耳にするようなありふれた話なのに、怪盗インビジブルの話だけ独自性が強すぎる。透明な怪盗の存在が事実かは別として、元となる出来事が実際にあったのではないか、と思った。

　オリジナルの怪盗インビジブルは、なにを考えて、なにを盗んだのだろう。おぼろげにそんなことを考えることもある。モモと同じ目的ではないかもしれないが、きっと、盗むことでなにかを変えようとしたのだろう。

3

「なあおい、工藤《くどう》、どうにかなんねえかな」

「どうにかっていきなり言われても、なにをどうするのかをまず説明してもらえませんかねえ」

　放課後。部活が休みで、ダイキは教室に残ってクラスメートと雑談をしていた。正面にいるのは、工藤という男子生徒だ。自他ともに認めるミステリマニアで、自分の好きなミステリ小説を学級文庫に揃えたいがために図書委員になっているようなやつだ。将来は、世界的名探偵になると公言している。実際の探偵なんて浮気調査が一番の仕事だろ、と指摘しても、現実を見ようとさえしない。

「怪盗インビジブルに決まってんだろ」

「ああ、あれ。どうにかっていうのは、捕まえろってことですかね」

「そうだよ。おまえは将来、名探偵になるんだろ？　怪盗捕まえるのも仕事じゃねえか」

「まあ、そうですけどね」

「今こそ出番じゃねえかよ。ていうか、今後の人生、もう二度とこんな出番ないぞ、きっと」

工藤はにやりと笑うと、そうかもしれませんけど、と、鼻で笑った。

「僕だって、今までなにもせずにいたわけじゃないですよ、当然ね」

「なんかわかったのか」

「いいですか、犯人は」

「犯人は？」

「この中にいます」

工藤が、手を広げて教室をぐるりと指し示す。ダイキは言葉を失って、しばらく固まった。

「おまえさ」

「はい？」

「そのセリフを言いたいだけだろ？」

「そんなことないですよ。考えてもみてください、盗難事件の発生率、このクラスが二年生の中でも一番多いじゃないですか」

「そうだよ」

「なんでかって言ったら、ウチのクラスの人間の持ちものを盗むチャンスが多いからですよ。そう考えたら、犯人はウチのクラスの人間、って考えるのが当たり前じゃないですかねえ」

「うちのクラスが飛び抜けて盗みやすいってことかもしれねえぞ」

「まあ、可能性としてはなきにしもあらずですけど、そう考えるのはやや無理があるんじゃないかと思いますけどねえ」

「そりゃそうだけどさ」

同じクラスに泥棒がいるとは思いたくない。ダイキの率直な感想はそうだった。一人一人の顔を思い出しても、こいつが泥棒だろう、なんて思えるやつはいない。工藤の言う通り、本当にクラスの中に犯人がいたとしたら、そのショックは計り知れないものになるだろう。

「そういえば、今日、また出たんですよね?」

「あ、うん。また盗まれた」

「例の付箋はありましたか」

「あったよ。ネコ付き」

「見せてもらえます?」

「いいけど、見てもなんにもわかんねえぞ?」

ダイキは、「証拠品」の付箋を持ってきて、工藤に見せた。後で先生に盗難事件の相談をするときに渡そうと、ダイキが預かっていたのだ。付箋には例のネコが描かれているだけだが、工藤は付箋の裏を見たり、指で感触を確かめたりしていた。太陽に透かして見て、しまいには手の中に包み込んで暗闇を作り、小さなライトを当てながら覗き込んだりもした。

「おい、工藤」

「はあ」

「それで、なにかわかるのか」

「もちろん」

ダイキは、ほんとかよ、とため息をつく。盗難事件には、被害者もいるのだ。探偵マニアのごっこ遊びのネタではない。

「石川君」

「なんだよ」

「ちょっと、手伝ってほしいことがあるんですよね」

「手伝う？」

「明日たぶん、犯人がわかりますから」

は？　と、ダイキの口から素っ頓狂な声が出た。間違ってた、じゃ、シャレにならねえぞ？

と念を押したが、工藤はなんだか自信満々だ。

「大丈夫かよ」

「大丈夫ですよ」

「ほんとかよ」

「あのね、ついにかかったんですよ」

——怪盗インビジブルが、罠《わな》に。

4

通学路を自宅に向かって歩きながら、モモは独り、菓子パンを頬張っていた。マズくはないが、美味しくもない。半分程食べ進んだところで、道路の側溝に放り捨てた。もったいない、とは思わなかった。どうせ、近くのスーパーから万引きしてきたものだ。

ゴミになってしまったパンを見る。さっきまではちゃんとしたパンだったのに、モモの手から離れて地に落ちた瞬間、ただのゴミになってしまった。モノの価値などというものは、そんな程度だ。地面に落ちただけ、賞味期限が少し切れただけで、価値を失う。

最近は、万引きの被害に圧迫されて経営が立ち行かなくなり、倒産するスーパーもあるのだという。だったら万引き対策をしっかりとればいいのに、そこにはお金をかけずに盗まれ放題になるのは店側の怠慢《たいまん》だろう。モモだって、対策が取られていると感じる店では万引きなどしない。防犯カメラの角度から見て明確に死角があるようなところ、陳列がごちゃごちゃしているところ、経費削減にばかり目が行って従業員数が足りていないようなところで盗むのだ。

初めて万引きをしたのは、中学二年に上がってすぐだった。最初の一回二回は心臓が飛び出しそうなほどどきどきしたが、しだいにそんな緊張感も薄れていった。何度やっても、モモの人生には波風ひとつ立たなかったからだ。見つからない。捕まらない。こんなの、バレる方がおかしいのではないだろうかと思うほど。

万引きを重ねているうちに、なぜバレないのかがわかってきた。モモはとにかく目立たないのだ。どこにでもいる背格好。あまり特徴のない顔。服装は校則通りの着こなしだ。成績もよく、学級委員も務める優等生然とした空気が、「この子は盗みなどしないだろう」という先入観を生むのかもしれない。人の警戒心の範囲外に出てしまえば、透明になったのと同じことだ。パン一つ、気づかれずに盗むことなど、わけもないことだった。

「ただいま」

「おかえりなさい」

帰宅して玄関ドアを開けると、母親が笑顔でモモを迎えた。その笑顔を見ると、ぞわりと鳥肌が立つ。

まるで、自分の子に媚《こ》びへつらうような。

じめじめとしていて、まとわりついてくるような。

「すぐ、ごはん支度するね」

「いらない」

「えっと、お腹すいてない？　どこか、具合でも悪い？」

「暑い中歩いて帰ってきて、いきなり夕飯の話をされても」

そうね、そうよね、と、母親は笑顔のままうなずいた。

「じゃあ、食べたくなったら言って。用意するから」

母親に言葉を返すことなく、モモは自身の部屋に向かった。進行方向上に立ち塞がるような格好になった母親の体を、邪魔、と言うように手で押し退ける。

それでも、怒られることはない。

母親は、まだ笑顔のままだ。

モモがまだ小さかった頃の母親は、必要以上に厳しかった。箸《はし》の持ち方、字の書き方。生活態度から勉強の仕方まで、完璧でなければ許されなかった。時には体罰を受けることもあった。あの頃は逆に、モモが薄ら笑いを浮かべて母親を怒らせないようにと必死になっていた。母親にとっての、自分の価値を落とさないように。

すべてがひっくり返ったのは、モモが小学五年生の時だ。

学校から帰ってきたある日の夕方、モモは母親と一緒に夕飯の買い出しに出かけた。レジで会計を済ませ、商品を袋に詰めて外に出た時だった。店員が二人走り寄ってきて、モモの前に立ち塞がった。

正確に言えば、モモの母親の前に。

わけがわからないまま店の中に引き戻され、普段は入ることのない店の裏側に連れて行かれた。母親の前には店長と名乗る中年の男が座り、周りを数名の男性従業員が取り囲んでいた。モモは、母親から少し離れたところに座らされた。

小学校五年、十一歳。目の前で起きていることがどういうことなのか、もうすでにわかる年齢だった。顔面が蒼白《そうはく》になり、かたかたと震える母親。モモが思った通り、レジ袋に入った商品の他に、母親が持っていたハンドバッグからも数点の商品が出てきた。

菓子パンがひとつ。

それと、小さなお菓子がいくつか。

母親は、顔をぐしゃぐしゃにして泣いていた。何度も頭を下げながら、もうしません、許してください、と哀願する。モモが怒られている時に泣き出すと、泣けば許されると思うな、と言うくせに。悪いことはするな、と、あれだけ言ってきたくせに。

自分を支配してきた人間が目の前で情けない姿をさらしているのを見るのはショックだった。出来心、魔がさした。母親はあらゆる言い訳を並べたて、縋《すが》りつかんばかりに謝ったが、店長の男は少しも動じることなく、薄笑いを浮かべながら警察に連絡を入れた。

数名の警察官がやってきて、母親をパトカーに乗せた。身元引受人である父親は、夜まで帰ってこられない。モモは独りで家に帰らなければならなかった。すれ違う人すべてが、自分に向かって「泥棒の娘」と陰口を叩いているような気がした。

モモの母親は結局、起訴猶予になって自宅に戻ってきた。無論、おとがめなし、とは違う。「万引きをした」という事実は認定された上で、初犯であったこと、父親がスーパー側に示談金を支払ったことを理由に、起訴までは行わない、というだけだ。泥棒である、ということはゆるぎない事実になった。

たった数百円の物を盗んだだけで、母親が失ったものは大きかった。離婚こそ切り出されなかったものの、元々外に女がいた父親は、その関係を隠そうともしなくなり、家にほぼ帰ってこなくなった。それまで仲良くしていた近所の人も、まるで蜘蛛《くも》の子を散らすように離れていった。唯一、自分の「所有物」であったはずの娘にさえ、頭が上がらなくなった。

もはや、モモにとって母親はなんのための存在なのかよくわからない。母親自身もわかっていないのではないだろうか。自分という個を殺して毎日家事をこなし、夫の帰ってこない家をきれいに整える。本音を吐き出すことも、自分の主張をすることもできず、ただ今ある生活にしがみつくだけ。誰にも認められず、誰にも顧みられない。まるで、透明人間だ。生きていることにどれほどの意味があるだろう。

「モモ、汗かいただろうから、先にお風呂に入ってきたら？」
「あのさ」
「あ、うん」
「いちいち指図しないでくれる？」

泥棒のくせに。

5

五時間目、ＰＣルームでの授業が終わると、ダイキはすかさずみんなの前に出た。ちょっとだけ話があるから、みんな待機。そう言うと、教室に戻ろうとしていた生徒たちが、なんだよ、と言いながらも席に戻った。

技術の先生には、少しだけＰＣルームを使わせてほしいと、ダイキが交渉済みだ。もうじき、一学期で退職した高巻先生の代わりに新しい担任の先生が赴任してくる。その先生に向けたサプライズの相談のため、と説明した。そんなの自分の教室でやれよ、と言いながらも、先生は容認してくれた。

これでいいんだな？

ダイキが、工藤に視線をやる。怪盗インビジブルの正体を暴く、と言い放った工藤は、そのかわりPCルームにクラス全員を集めて欲しい、とダイキに頼んできた。こうやって大声を張り上げてクラスの連中を動かすのはダイキの役目だと言わんばかりだ。

「ちょっと、みんなに話があるってやつがいるんだけどさ」

ダイキが工藤を呼び込むと、みんなが一斉にざわつきだした。キャラクターの濃さに反して影が薄い工藤が前に出てくることは、あまりないことだ。一体なんの話をするのか、想像がつかなかったのだろう。工藤は、ダイキと立ち位置を交替してクラス全員の前に立つと、何度かわざとらしい咳払いをした。

「どうも。今日は、みなさんにお話ししなければならないことがありましてぇー」

工藤が、変な敬語を使ってしゃべり出す。抑揚が独特で、聞いていると酔いそうになる。

「昨日、また怪盗インビジブルによる盗難事件がありましたよねえ」

みんなの目が、一斉に一人の女子に向く。男性アイドルのグッズを盗まれた女子が、視線に縮こまりながらも、無念そうに目を伏せた。

「その怪盗インビジブルの正体、知りたくないですか？」

一斉に、全員が騒ぎだす。知りたいよ！　と、冷やかし半分の声も上がった。ダイキは、あいつ本当に大丈夫かな、とはらはらしながら見ているしかない。

「犯人は」

――この中にいま、す！

工藤の決め台詞に、一瞬、クラス全体が凍《こお》りついた。少し噛んでしまったせいで、衝撃を受けていいものか、笑った方がいいのか、みんなリアクションに困っている。おまえ、ほんとにただそれがやりたかっただけじゃないよな？　と、ダイキの方が泣きそうになった。みんなを集めておいて、悪ふざけでした、では済まされない。

「怪盗インビジブルは、犯行の後に黄色い付箋紙を置いていきますよねえ。なんでわざわざそんなことするんだろうって思いません？　証拠になっちゃうし。どうせわかんないだろってバカにしてんのかもしれないですけど、犯人はたぶんね、盗んだのは怪盗インビジブルだぞ、ってアピールしたかったんじゃないかなと思うんですよねえ」

工藤が、意外にも流暢なしゃべりを見せる。クラスのみんなの視線が、だんだん真剣になっていくのがダイキにもわかった。

「でも残念ながら、その付箋紙が、犯人を教えてくれることになっちゃいましたけどねえ」

もったいつけながら工藤が取り出したのは、よく見る正方形の付箋紙だ。色はピンク色。まだ使われていないようだけれど、フィルムなどには覆われていない。学級内の備品入れには、この状態で置かれている。

「一学期の中頃なんですけどね、ウチのクラスの備品入れから、付箋だけ全部持って行っちゃったんですよ、僕が。みなさん気づいてました？」

怪盗インビジブルが置いていく付箋紙は、各クラスに置かれている備品入れのものと同じだ。備品の付箋を使うのは、校内で手に入るものを使った方が特定されにくいと思ったからだろうと工藤は推理した。

盗難事件の発生率の高さを見て、工藤は初めから二組の中に犯人がいると考えていたようだ。怪盗インビジブルは必ず、新しい付箋紙が必要になった時にはクラスの備品を使うはずだ。そこで、教室から付箋紙をすべて回収し、代わりに、「罠」を置いた。

「石川君、お願いしますよ」

ダイキは、はいはい、と、ＰＣルームの電気をすべて消す。パソコンのディスプレイが見やすいように、ＰＣルームには遮光カーテンがつけられている。照明を落とせば、日中でも真っ暗にすることができる。

暗くなった部屋の中に、ぼんやりと光が浮かんだ。どうやら、工藤がペンライトのようなものを点けているようだ。普通の光とは違う、青みがかった色の光だった。

青い光が工藤の手の中にあるピンクの付箋紙を照らし出した瞬間、みんなが一斉に声を上げ、近くに集まってきた。なにも書かれていなかったはずの付箋紙に、鮮やかな青色の数字が浮かび上がったのだ。

工藤によると、特殊なインクを使ったペンで付箋紙一枚一枚に数字を書いておいたのだという。ペンで書いた字は乾燥すると透明になって見えなくなるが、ブラックライトを当てると紫外線に反応して光る。工藤は偉そうに「探偵道具」と言ったが、ペンもブラックライトも百均ショップで買えるらしい。

作成された「罠」は二つ。黄色の付箋紙と、ピンクの付箋紙。工藤はそれを、あえて教員用の机の引き出しに入れた。教員が机の引き出しに自分用の事務用品を確保していることは生徒もみな知っているが、それを持って行こうとする人間はほとんどいない。使う人間は限られているし、持っていくとしたら、「どうしても必要な人」だけだ。

引き出しに入った、ピンクと黄色の付箋紙。ダイキははっとして顔を上げた。暗闇に少し目が慣れてきて、おぼろげながらみんなの顔が見える。興奮した様子でみんなが工藤の近くに集まっている中、端っこの席でじっと動かない女子がいる。

「黄色の付箋紙、持って行ったのは小森さんですよねえ」

ざっ、という音がして、全員の視線が動いた。暗い中で小森がどこにいるのかわからなかったのか、少しの間、人の頭があちこちに動いた。だが、しだいにPCルームの一角に集中していく。

工藤が、「石川君、例のアレ」と声をかけてきた。ダイキの意識も小森モモに吸い寄せられていて、つい生返事をした。もう一度名前を呼ばれて我に返り、頼まれていたものを渡す。

学級委員が管理する、学級日誌だ。

日誌を受け取った工藤は、最近のページを開いた。日誌は、小森モモが付箋紙やラインマーカーを駆使して、毎回きれいにまとめている。工藤がブラックライトの光を当てると、貼りつけられた黄色の付箋紙に数字が浮かび上がった。貼られた順番に、「1」から、「12」まで、ページをめくりながら数字をカウントアップしていく。

「そして、これは昨日残されていた、怪盗インビジブルの付箋紙なんですけどねえ」

ネコのイラストが描かれた黄色の付箋紙。ブラックライトの光を当てると、鮮やかに「13」という数字が照らし出された。ブラックライトがなければ字が書いてあることなどまったくわからないが、紫外線が浮き上がらせた数字は、ぐうの音も出ないほどくっきりとした光を放っている。ＰＣルームには、女子たちの悲鳴にも似た声が響いた。

「小森さん、今持ってますよねえ、付箋紙。見せてもらえませんかねえ」

癖のある言い方で工藤が小森に声をかけたが、返事はなかった。小森は、ただむっつりと口を閉じている。隣にいた男子が、小森のペンケースに手を伸ばした。無表情のまま小森はしばらく抵抗したが、男子の力には勝てず、ペンケースをもぎ取られた。男子たちがスマホのライトでペンケースの中を照らし、まだ新しい黄色い付箋紙の束を見つけて工藤に投げた。

言葉での説明はもういらなかった。工藤が受け取った付箋紙にブラックライトの光を這わせると、なにも書かれていない表面に、「14」が現れた。学級日誌の連番、怪盗インビジブルの犯行声明、そして小森モモの持つ付箋紙が、一本の線で繋がった。

「まあ、指紋《しもん》を取るとか、使われているペンの成分を分析するとか、いろいろすれば完全に犯人がわかると思いますけど。これくらいの事件じゃ、警察もそこまでやらないでしょうけどねえ」

発言に含みを持たせつつ、工藤は「以上です、石川君」と一言つぶやいた。ダイキは、おそるおそるＰＣルームの照明をつける。天井の蛍光灯が瞬《またた》くと、急に現実に戻ったような気になった。目を細めて眩《まぶ》しさを調節しながら、ダイキは小森モモを見た。

「なあ、小森、そうなのか？」

返事はない。けれど、小森の目の動きが、青ざめた表情がすべてを物語ってしまっていた。

「違うなら、違うって言ってくれ」

「知らない」

うそつくなよ！　という怒号が小森モモに浴びせられる。先生に言いに行こうぜ、という声も上がった。もはや、クラスの全員が、怪盗インビジブルの正体を確信していた。それは、ダイキも一緒だった。

「ほんとに知らねえのか」

「私の付箋紙なのは間違いないと思うけど、13の付箋紙を私が使ったとは限らないでしょう」

真の怪盗インビジブルが、小森モモのペンケースに入っていた黄色の付箋紙を一枚めくり、それを犯行声明に使った。確かに、その可能性がないわけではない。工藤の言うように指紋を調べたら、それが嘘か本当かわかるのかもしれないが、学校や警察がそこまでして「怪盗」の正体を突き止めようとすることはないだろう。これ以上は証明しようがない。

「わかった。小森がそう言うなら、そうなんだろ」

みんなから、一斉にブーイングが湧き起こった。そんなの信じられるわけがない。苦しい言い訳。先生に言うべき。いろいろな意見が交錯《こうさく》する。


どうしてだ。

どうしてなんだよ。


怪盗インビジブルが、同じクラスにいるなんて信じたくなかった。ダイキは唇を噛み、少しだけ言葉をためた。胸の奥から、ふつふつと怒りが湧いてくる。

もういい！　と、ダイキが大きな声を出した。わいわいと飛び交っていた声が一瞬止んで、PCルームはしんと静まり返った。

「もういいよ。みんな戻ろう」

警察でも探偵でもない中学生が、これ以上追及する問題じゃない、とダイキは思った。怪盗の正体を暴き、その罪を糾弾《きゅうだん》したところで、小説や漫画のような爽快感はない。

それに、きっともう、二度と盗難事件が起きることはないはずだ。

透明な怪盗は、姿を現したのだから。

6

いらつく。

なんなの。なんなのあいつら。

バカじゃないの?

クラス中の人間の視線を浴びながら、モモは逃げるように学校を後にした。目立たないように自分を押し殺し、疑われないように優等生の皮を被ってきたのに、すべて台無しだ。なんとか言い逃れはしたものの、それを信じているような人間は誰一人いなかった。

透明だったはずのモモの存在は、完全に浮き上がってしまった。明日からずっと、モモの一挙手一投足はすべて監視されることになるだろう。噂は、あっという間に広がる。存在を消すことができなければ、「盗み」はできない。

盗むことができない。

盗みたいのに。

手が震える。苛立ちが収まらない。自分の腹の底から湧き上がってくる感情を押さえつけようとすると、いつもきまって、「盗みたい」という衝動に駆られた。なぜ「盗みたい」になるのかはモモ自身にもわからなかったが、人の物を盗み取ると、どうしようもなかった苛立ちがすっと消えていくのだ。盗みを終え、少し離れたところから盗まれた人間や店を見ていると、短い間ではあるが心が満たされる気がした。

だって、それくらいはいいでしょ、とモモは思う。

目の前で親が逮捕された経験のある人なんかいる？　いないでしょ？　泥棒の親を抱えて、頼る相手もいなくて、自分一人だけで生きている中学生が、世の中にどれくらいいる？

私だけ不幸なのは、おかしい。

モモは、幸せそうにしている人間が嫌いだった。なにも考えずに生きているような人間も嫌いだ。自分だけが不幸を背負わなければいけないなんて不平等だ。

みんな、一番大事なものを盗まれて、不幸のどん底を味わえばいい。

なのに。

ぐるぐると回る思考に混乱しながら、モモはいつものスーパーに立ち寄った。店内は、夕食の買い出しに来た主婦と、学校帰りの小中学生で混雑している。とにかく安さを売りにしている店で、従業員はいつも少ない。商品は乱雑に陳列されていて、棚以外にも段ボールのまま山積みされているようなものもある。申し訳程度に防犯カメラが設置されているものの、カバーする範囲はさほど広くない。接近した棚の間や、積まれたセール品の陰は完全に死角になっているはずだ。

商品を確認するフリをしてバッグに滑り込ませる。菓子パンとお菓子は特に盗りやすい。レジからも、カメラからも見えない場所にあるのだ。この時間、店内巡回ができるくらい暇な従業員はいない。タイムセールの対応や商品補充でてんてこ舞いになっている。

まるで、盗んでくださいと言わんばかりだ。

いくつかの商品をバッグに詰め込むと、少しずつ気持ちが落ち着いてきた。学校で起きた「嫌なこと」に乱された精神が、ようやく平静を取り戻していく。言葉にするのは難しいが、達成感、充足感のようなものを感じるのだ。

いつもは、そこから安い飲み物やガムを普通に購入して、外に出る。入口から入り、レジを通って出口に出る、という動線を外れた行動は目立つからだ。けれど、今日はレジを通るのも面倒だった。早く外に出たい。店の外に出て、安全な距離まで離れてようやく、「盗みたい」という衝動から解放される。

人の間をぬって、レジではなく入口方向に向かう。なにも買わずに出るという行為を目立たせないように、携帯を取り出して耳に当て、通話をしているフリをした。入口付近は、歳を取った男性従業員が一人でカゴの整理をしているだけだ。その横を擦り抜けて外に出ると、空が見えた。今日は、一日晴れていた。西の空が、赤く染まっている。

帰ろう。モモがもう一歩、足を前に出した時だった。

目の前に、二人の女性が立っていた。一人は、五十代くらいだろうか。ずんぐりとした体型で、メガネをかけている。もう一人は、見た感じモモの母親と同じくらいの歳だ。黒髪を後ろで束ねていて、地味な格好をしている。二人とも、「どこにでもいそうなオバサン」だった。店内にいたようだが、モモには見えていなかった。

二人は、モモを挟み込むように立ち、そっとモモの腕に手を添えた。力で押さえ込まれたわけでもないのに、体が固まって動かなくなった。

「あの、お嬢さん」

若い方の女性が、柔らかな物腰で話しかけてくる。

わかりますよね？

女性はそれだけ言うと、モモの背中を、ぽん、と一度、軽くたたいた。

7

ぎこぎこと軋む古い椅子と、傷だらけのテーブル。乱雑で殺風景な部屋。モモは椅子に浅く腰かけ、ぼんやりと目の前で起きている出来事を流し見ていた。

この部屋には、一度来たことがある。

母親が、捕まった時に。

事務所は、汚いままだった。客に見えないところはどうだっていいという、手抜きの塊。草ぼうぼうの体育館裏によく似ている。

女性二人は、探偵社から派遣された保安員だと名乗った。どうやら、店側も万引き対策に本腰を入れたらしい。二人の保安員はモモのバッグを開けると、盗ったものを出せと言ってきた。今さらじたばたしてもしょうがない。バッグの中に入っていたものを、すべて出して机に並べた。

菓子パンがひとつ。

数点のお菓子。

少し遅れて、見覚えのある店長がやってきた。机の上に置かれた商品を見ると、不機嫌そうにため息をつく。店長は事務机から書類とペンを持ってくると、モモの前に投げ捨てるように置く。住所、氏名、電話番号。盗んだ商品と、そのおおよその金額。無感情な記入欄が並んでいる。

「書いて」

冷たい声が響くが、モモは無視した。書かずにいても事態が好転することはないだろうが、書きたくない、と心が拒絶する。保安員の二人が反省の態度を見せなさい、と促すが、それでもモモは動かなかった。

「あんまり、舐《な》めた態度を取るなよ」

店長が憎々しげに吐き捨てる。顔が近づくと、タバコ臭い息がかかって不愉快だった。モモが嫌悪の感情を隠そうともせずに顔を背けると、それまで不機嫌なだけだった店長の顔がみるみるうちに赤く染まった。椅子を蹴って立ち上がり、両手で激しく机を叩く。モモを指差し、声を荒らげる。従業員の生活がかかっているんだ。こっちはギリギリでやっているんだぞ。モモにとっては、知ったことかと思うようなキレイごとを、男は次から次へと並べ立てた。

ひとしきり激昂《げっこう》した店長は、保安員の二人になだめられて少し落ち着きを取り戻し、再びモモの前に座った。

「書きたくなければ、書かなくてもいいさ」

店長は息を整えながら、モモの前に置いた書類とペンを手ではねのけた。ペンが、くすんだ床に転がってくるくると回る。

「君のことは、よく覚えてるよ。前にここに来たことがあるだろ？　俺の向かいに座ってたのは、君のお母さんだったけどな」

モモの前で、店長は一枚の紙を読み上げた。住所。氏名。電話番号。三年前、母親が捕まったときに書かされたものだ。

「とりあえず未成年だから、お母さんには連絡したからね。今こっちに向かってもらってるけど、そもそも君のお母さんと話になるかわかったものじゃないからな。警察と学校には連絡させてもらうよ」

いいね、と、念を押されるが、モモは答えなかった。

「そういえば、誕生日、先月だったんだろ？」

唐突に、店長がそう言ってモモに笑いかけた。言っていることは間違っていないが、なぜこの男が自分の誕生日を知っているのかと、モモは薄気味悪さに肩を震わせた。

「そうやって黙ってツッパってもな、こっちは知ってるんだよ、全部。君の名前も。学校も。うちのパートさんの中にはお子さんが君と同じ学校っていう人も何人かいるからな。有名だぞ、君は。泥棒の娘ってな」

泥棒の娘。

そうか、クラスメートたちのあの顔はそういうことか、と、モモは鼻で笑った。ほとんどの生徒は、モモの母親の話を知っていたのだ。工藤にピンポイントで罠にかけられたのも、そういうことかもしれない。

「だいたい、親が出入り禁止になってる店にずかずか入ってこれるってのはさ、異常だな。異常。神経が図太いというか、図々しいというか。こりゃなんかあると思っていれば、案の定、君はちょこちょこ万引きをしていった。泥棒の娘もまた、泥棒だったってわけだ」

罵《ののし》られているのはわかるが、男の言葉が呑み込めずに、モモは少し首を捻った。そのまま受け取れば、今日捕まる以前からモモが万引きしていくのを知りながら、見過ごしていたということになる。

なんのために？

「バレない、見つからないとでも思ってたのか？」

「わかってたなら、捕まえりゃよかったじゃない」

「待ってたんだよ。君の誕生日を」

誕生日、と、モモはつぶやいた後、ぎゅっと唇を噛んだ。

まさか。

「いいか、十四歳未満の子供は、刑事責任を問われない。刑事責任能力がないからだそうだ。バカ言うな、と思うね。万引きってのはな、犯罪だ。窃盗罪《せっとうざい》なんだよ。子供だろうが大人だろうが、犯罪は犯罪だ。君だってわかってただろう。なのに、たった数ヵ月誕生日が遅いというだけで刑事責任を問われないなんて、不条理だ。そう思わないか？」

「知らない」

「君は先月で十四歳になった。もう子供じゃないんだ。これから社会の厳しさってのを嫌と言うほど学ぶことになるぞ。鑑別所にでも行って、たっぷり反省して来てもらおうか」

なるほどな、と、モモは薄い笑みを浮かべた。どうしてこの店で万引きをしてやろうという気持ちになったのか、自分の中で整理がついた。万引きをした方が加害者、された方は被害者。法律的にも、一般の目で見ても、店長の男に悪いところは一つもないが、拭《ぬぐ》い去れない湿《しめ》り気がこの男にはあった。

男にとって、道徳的に優位な立場から相手を見下すことはきっと悦《よろこ》びなのだ。皮肉を浴びせることも、罵倒することも、被害者の立場ならある程度は容認される。三年前、母親を見る目の奥に宿った男の本質をモモはすでに見抜いていた。決して真っすぐではない人格。嗜虐性《しぎゃくせい》。一般人という皮を一枚剝《む》いた裏にある、雑然とした本性。男の目を見ながら、十一歳のモモは、言いたいことを言い返せないもどかしさと、そんな状況に転がり落ちた母親に憤《いきどお》っていた。

あの日以来、この世のすべてが憎かった。人には悪いことをするなと口酸っぱく言っておきながら、自ら犯罪者になった母親。その母親を見捨てた父親。母親を警察に突き出した店長の男。モモを「泥棒の娘」と陰で囁き合う近所の人間。結婚するかしないか、なんていうどうでもいいことに頭を悩ませるクラス担任。親の庇護《ひご》を受けて、なんの苦労も知らずにただ日々をダラダラと過ごしている同級生たち。

みんな、消えてくれたらいいのに。

透明になって、そもそも最初から存在していなかったかのように。

「しかしなんだ、あれだな。君の家は信じられんな。親子二代で同じことするとはね。どうなんだ。あれか、君はお母さんに習ったのか。あの店は狙い目だって」

どうしようもないクズだな！

店長の男が、唾を飛ばしながらモモに顔を寄せる。保安員の二人が、言い過ぎです、と止めに入ろうとした瞬間だった。

モモの中で、なにかが弾けていた。

「おまえに、なにがわかるんだよ！」

モモは、爆発した怒りに押されて、男に摑みかかっていた。シャツの襟首《えりくび》を両手で摑み、力任せに振り回す。モモよりもずっと体格のいい男が、虚を突かれてひっくり返った。車輪付きの椅子が倒れて大きな音を立て、男が床に投げ出される。モモはテーブルを飛び越えて男に圧《の》し掛《か》かり、拳《こぶし》を振り上げた。男の顔面に思い切り叩きつけてやろうとしたが、保安員の女に腕を摑まれてしまった。放せ、と体をくねらせて必死に藻掻《もが》く。

「なにしてるの！」

突然、室内に鋭い声が響いて、モモは背後から強い力で引っ張り上げられた。全身に力をこめて抵抗するが、引っ張られる力に抗《あらが》いきれなかった。両脇に差し込まれた腕が、男の上からモモを引っこ抜き、反転させた。

目の前にいたのは、モモの母親だった。

顔を歪め、髪を振り乱した母親は、もう一度、あなた、なにしてるかわかってるの！　とモモを怒鳴りつけた。

おまえが言うな。

おまえが、言うな！

全身を支配する怒りは、もう自分では止めようがなかった。

「私に、触らないで！」

「いい加減にしなさい！」

ばちん、という破裂音とともに、モモは部屋の隅まで弾き飛ばされていた。左の頬をぶたれたのだ、と自覚するまで、少し時間がかかった。今まで見えていた世界が遠くに感じる。音も。光も。においも。ただ、胸を打つ心音だけが、強く大きく響いていた。

急に現実味を失っていく世界の中、母親は店長の男の前に身を投げ出し、床に頭を擦りつけていた。泣き叫びながら、申し訳ありません、と謝り続けている。男があの目で母親を見下ろす。見るな、その目で見るな、と嚙みついてやりたかったが、声は出なかったし、体も動かなかった。


くだらない。

くだらなすぎる。


じんと痛みの残る左頬に、涙が一粒だけ伝い落ちていくのがわかった。

8

疲れちゃったね、と、少し前を歩く母親が口を開いた。

モモと母親は万引きをしたスーパーから警察官に連れられて警察署に移動し、いろいろ話を聞かれた。今後、どういう処分が下るかはわからないが、今日のところは釈放してもらえることになった。警察署を出ると、もうだいぶ夜遅い時間になっていた。

警察署から家まではかなり距離があったが、バスやタクシーは使わなかった。母親は歩いて帰ろう、と宣言したわけではなかったが、バス停にもタクシー乗り場にも向かわなかった。しゃべりたくない。人の目に触れたくない。どうせなら消えてしまいたい。モモも、同じ気分だった。

無言で歩いていた母親がようやく振り返ったのは、歩き出してから三十分以上過ぎてからだった。淡い街灯の光が続く、住宅街の中の道。外を出歩いている人の姿はほとんどない。

「あんたのせいだから」

モモが言葉を返すと、母親は寂しそうに笑って、そうよね、と答えた。

「わかってる」

「わかってない」

三年前にあんなことがなかったら、今日がこんな日になることはなかった。モモは万引き犯にならずに済んだし、北中に「怪盗インビジブル」が現れることもなかったはずだ。

そうよね、じゃない。そんな言葉を聞きたいんじゃないのに。

母親でしょ？　親なんでしょ？

「なんかね、怖かったのよね、お母さん」

「怖かった？」

「あなたが生まれた頃から、お父さんがあまり家に帰ってこなくなって。出産して、育児に必死になってる間、お父さんのこと見えなくなっちゃってたのね、きっと。気づいた時には遅かった。もう、お父さんは私に愛想つかしちゃってて。このまま家を放り出されたら、モモと二人でどうやって生きて行けばいいんだろう、って思ったら、怖くなっちゃって」

「自業自得」

「そうなんだけどね。だから、なんでも完璧にやらなきゃって思ったのよ。あなたを育てるのも、家のことするのも。でも、完璧になろうとすればするほど、完璧になれないの。それが辛《つら》くて、ご飯が食べられなくなって」

母親の告白は意外だったが、なぜかするりとモモの中に入ってきた。たぶん、とっくの昔に感じていたこと、わかっていたことだからだろう。

「ある日ね、買い物をしてたら、お店の物を盗りたくて仕方なくなったんだ。盗りたい、じゃないかも。盗らなきゃいけない、って思ったのよね。気がついたら、お店の物を自分のバッグに隠して、外に出てた。ものすごい緊張から解放された瞬間、気分が晴れやかになった。神様に許されたような気になったんだ。悪いことをしても見つからなかった。それって、神様がお母さんをかわいそうに思って、大目に見てくれたんだって」

バカじゃないの。言おうとして、モモは口をつぐんだ。抗いようのない「盗み」への衝動。緊張と解放。それは、まさに。

「病気なんだってさ、お母さん」

「病気?」

「窃盗症《クレプトマニア》って言うんだって。自分でどれだけだめだって思っても、どうしても人の物を盗んじゃう病気」

モモは、ゆっくり足を止めた。振り返りながらもゆっくり歩いていた母親も、足を止めた。母娘が、三メートルほどの距離を空けて向き合った。

「病気だからって、泥棒は泥棒でしょ」

「うんそうよ」

あなたもでしょ? と、母親はじっとモモの目を見た。少し、手が震えた。胸元に持っていって、自分で自分の手をきゅっと握り締める。

「私、捕まりたかったんじゃないかなって思うんだ。お父さんが帰ってこなくて、いつ捨てられるんだろうって恐怖に震えながら、完璧な妻を演じる生活を壊したかった。そうでもしないと、しがみついた手を離せなかったから」

「いい迷惑だよね、店からしたら」

「でも、万引きして見つかって、警察にも捕まったのに、それでも私の世界は変わらなかった。起訴猶予で済んで、家に帰ってきて。離婚もせず、生活もそのまま。モモはまだ小学生で、私は親じゃなきゃいけなかった。もう、この世界を壊しちゃだめだ、絶対だめだ、って思ったんだけど、そう思えば思うほど、また怖くなるのよ。怖くなって、また、盗みたい、っていう衝動がやってくる」

盗んだの？　とモモが問いかけると、答える代わりに母親の目から涙がこぼれ落ちた。またやったの？　バカじゃないの？　とは言えなかった。

「でね、やっと気づいたんだ、私。私が守ろうとしてたものって、もうなくなってたんじゃないかって。大事なものはもうとっくに壊れていて、守ってもしょうがなかったんじゃないかなって」

母親は少し言葉を切って、涙を拭った。化粧はもう完全に崩れていて、くたびれた素顔が露《あら》わになっている。こんなに老けていたかな、と、モモは息を呑んだ。

「もう少し、早く伝えればよかったんだけど。お母さんね、離婚することにしたの」

「離婚」

「守られた生活にしがみついてたら、この病気は治らないんじゃないかなって。自分の罪と、正面からぶつからなきゃって思って」

「遅いよ」

「遅かったし、自分勝手だったし。今さら、あなたのお母さんだって胸張って言うこともできなくなっちゃったけど」

「うん」

「モモ、お母さんと一緒に行こう」

一緒に行く？　どこへ？　住み慣れた我が家の玄関を出て、母親の後ろをついていく自分の姿を想像する。歩いて行く先は真っ白で、なにも見えない。じわり、と恐怖が胸を締めつけた。

「一緒にって」

「一緒に、やり直そう。やったことは消えないけど、それでも、もう一回、最初から」

「最初から、って、都合よすぎるでしょ」

「私はもうなにも偉そうなことは言えないし、正直、モモのことまで受け止めてあげられるかわからないけど、それでも、こんなだめな人間でも、あなたの母親は私一人だから」

「やめてよ、そういうの」

「苦労もさせるし、大変なことがいっぱいあると思うけど、モモのことだけは、絶対、絶対守るから」

スーパーの事務所で、なりふり構わず店長の男に頭を下げる母親の姿が目の前によみがえった。罵られても、見下されても、母親はただただ謝り、許してください、と訴え続けた。母親の鬼気迫《せま》る様子に気圧《けお》されて、店長の男は警察に丸投げして逃げて行ったのだ。

左頰には、じんという熱がまだ残っている。母親に叩かれたのは三年ぶりのことだった。叩かれた衝撃で呆然としながら、モモは心の中で、「お母さん」とつぶやいていた。

「いいよ」

そう返事をすると、少し体が軽くなった。ゆっくり歩を進めて、三メートルの距離を縮めた。モモが隣に立つと、母親はまた何事もなかったように歩き出した。

「よかった」

「二人の方が楽かも」

泥棒どうし――。

泥棒というレッテルは、いつまでつきまとってくるだろう。先の見えない恐怖は、まだモモの胸を強く締めつけている。これから、モモは逃げるように学校を後にすることになるだろう。母親と一緒に逃げた先に、幸せなんてものがあるのかはわからない。

ふと、花束を抱えた高巻今日子の顔が脳裏に浮かんだ。仕事から、生徒から逃げて新しい生活を選んだあの人は、最後の最後、屈託のない笑顔を見せた。悪くないね。そんな、呑気な言葉を残して。

私もそんな風に思えるだろうか。

モモはうっすらとそんなことを考えていた。

9

教室の扉が開き、中央階段まで偵察に出ていた男子が戻ってきた。来るぞ！　という言葉に合わせて、ダイキが、電気消せ！　と声をかけた。二学期が始まって一ヵ月半、前任の先生の代わりを副担の先生が務めていたが、今日ようやく、後任の先生が来ることになったのだ。

歓迎のサプライズを仕掛けようぜ。

ダイキの提案に、クラス全員が「面倒くせえ」「ホント好きだな」とうんざりした様子を見せたが、最終的にはこうして乗っかって来てくれた。俺はいい友達に恵まれてる、と、ダイキは嬉しくなる。

あいつ、どうしてるのかな。

静かな盛り上がりを見せる教室の中で、まるで時間が止まってしまったかのような机がひとつ、ぽつんと取り残されている。

小森モモの席だった場所だ。

工藤が「怪盗インビジブル」の正体を暴いたあの日から、小森は一度も教室に顔を見せることはなかった。小森モモが万引きで補導されたこと、転校することが決まったということは、副担任の先生から聞かされた。ダイキには衝撃だったが、クラスのみんなの反応は冷ややかだった。小森モモは最後まで自分が「怪盗インビジブル」であったと認めなかったし、盗まれたものは戻ってこなかったからだ。

小森モモはずっと個別指導教室に移されていて、二年二組の教室には帰って来なかった。同じ校舎にはいたはずなのに、ダイキは小森の姿を一度も見ていない。ある日突然、小森モモが透明になって、すっと消えていなくなってしまったような気がした。

あれほど頻発していた盗難事件は、小森モモがいなくなってからぴたりと止んだ。大事なものを盗まれて泣く被害者がいなくなったというのはいいことなのだろうが、ダイキの中にはどうしても消化しきれない気持ちが残っている。

怪盗インビジブル。

目に見えない怪盗。

結局のところ、怪盗インビジブルというのは「目に見えない怪盗」などではなく、「存在しない怪盗」なのではないかとダイキは思った。欲望だとか嫉妬だとか、そういう人間の感情が、「怪盗インビジブル」という実体のない怪盗を生み出すのだ。大胆不敵な手口で世間の度肝を抜くような神出鬼没の大泥棒は、この世界には存在しない。ダイキの前で生まれた「怪盗インビジブル」は、嫌な後味と消えない傷を双方に残して、いなくなった。

先生が、廊下を歩く足音が聞こえる。教室の前の扉の磨《す》りガラスに、人の影が映った。ダイキが、みんなに向かって合図を送る。

これで、嫌な空気を変えるんだ。

人からなにかを盗むより、人になにかをあげたほうがいいだろ。

なあ、そう思わないか？

主のいない机に向かって、ダイキはそっと語りかけた。

10

「どうしたの？」

母親が、怪訝そうな顔でモモを見ている。一瞬、誰かに呼ばれたような気がしたのだが、どうやら気のせいであるようだった。モモは、なんでもない、と首を横に振った。

北中に来るのは、今日で最後になる。登校時間を少し外して、モモは母親と一緒に先生方への最後の挨拶をしに来ていた。

校長は終始硬い顔つきをしていたが、それでも責めるようなことは言わず、説教じみたことも言わなかった。ただ、どうか真っすぐに歩んで欲しい、というようなことは言われた。いかにもオトナが言いそうな、陳腐な言葉だ。なのに、頭の片隅にじっとりと貼りついて離れなかった。

帰りは、裏門から出ることにした。今さら、誰かに後ろ指をさされてもどうということもないが、自分が人の目に触れてはいけない気がした。昇降口ではなく、来賓用の通用口を出て、体育館裏に向かった。

時間はまだ、一時間目の授業が始まったばかりだ。音楽の授業の音だろうか。校舎からリコーダーの合奏の音が聞こえてくる。音につられて振り返ってみると、ほんの少しだけ寂しい気持ちになって、モモは自分でも驚いた。中学校なんて、早く卒業したいと思っていた。早く大人になって、早く自分の力だけで生きていきたいと思っていたのに。

母親が万引きで捕まってから、モモには寄りかかるものがなにもなくなった。支配されながらも寄りかかることができていた存在がなくなり、父という庇護者も失った。モモは自分の足で立たなければならなかったのだ。呑気なクラスメートたちと同じレベルで世界を見ることなんかできなかった。両脚を踏ん張って、背伸びをするだけして、モモは一人だけ先に大人になろうと思っていた。

同級生は、みな幼く見えた。

中学生活は、なにもかもくだらないと感じていた。

でも、一番幼くて、一番くだらなかったのは自分かもしれない、とモモは小さくため息をついた。自分がまだ子供だという当たり前の現実を受け入れられなくて、イライラして、自棄《やけ》になって。「怪盗インビジブル」を気取ったのも、他の生徒たちを見下したかったからかもしれない。それで、大人になったつもりでいた。

実際は、一人の世界に酔って、善悪の判断を放棄していただけだった。

本当は、誰かに寄りかかりたかったのだ。

どんどん透明になっていく自分を、見つけてほしかった。

「あのさ」

「うん？」

「ちょっと先、行っててくれない？」

母親は少し不安げな表情を浮かべたが、わかった、とうなずいた。裏門で待っているから、と残して、母親は歩き出した。少しの間背中を見送った後、モモは体育館裏という小さな空間の前に向き直った。

右手には体育館。体育の授業は行われていないのか、物音は聞こえない。学校菜園には鮮やかな色のトマトの実が増えている。そして空間の奥、雑草が生えた敷地の隅には焼却炉がある。

周りを少し気にしながら、焼却炉に近づく。投入口の金属の蓋《ふた》を押し上げるが、重量があるために、モモの力ではあまり大きくは開けない。隙間からでは、炉の中がどうなっているかまでは見えなかった。

「怪盗インビジブル」は、生徒たちから奪ったものを焼却炉に隠してきた。隠したというか、ゴミとして捨てたのだ。盗んだもの自体にはなんの価値もなかったし、いつまでも盗品を持っているわけにもいかなかったからだ。

今さら、ごめんなさい、とは言えないけれど。

モモは捨てた盗品を拾い上げようと、投入口から中に手を突っ込んだ。だが、当然手は底まで届かない。腕を引き抜くと、制服の白い袖《そで》がススで真っ黒になった。それでも、何度か手を伸ばす。このまま、なにもなかったことにはできなかった。自分の罪を誰かに知ってもらわなければ、体の中でどんどん膨れ上がって、いずれ自分を押し潰してしまうような気がしたのだ。

投入口から拾い上げるのは無理そう、と判断して、モモは焼却炉の前にしゃがみこんだ。足元には、燃え残りの灰をかき出すための灰出し口がある。赤く錆びついた横開きの金属扉を開ける。意外なことに、見た目は錆びついてどうしようもない扉が、滑らかに開いた。モモは服が汚れるのもかまわず、地面に両手をついて中を覗き込んだ。

だが、そこにはなにもなかった。

焼却炉の中はきれいに清掃されていて、ゴミどころか灰も残っていなかった。よく見ると、箒《ほうき》のようなもので炉の底を掃《は》いたような跡がある。誰かが、中のものを掻き出していったようだ。

でも、そんなこと一体誰が？

なんのために？

モモが焼却炉の前に座り込んだまま呆然としていると、灰出し口の扉の裏に、ひらひらと揺れるものが見えた。

黄色の、付箋紙。

震える手で、付箋紙を扉から剝がす。黄色い付箋紙には、なんともいえない雰囲気の、ネコのイラストが描かれている。

「怪盗、インビジブル」

モモの口から、思わず言葉がこぼれた。北中七不思議のひとつ。人の大事なものを盗んでいくという透明な怪盗は、自分以外にもいるというのだろうか。自分を見ている誰かがいるのかと、モモは誰もいない体育館裏を見回す。当たり前だが、誰もいない。

もう一度、付箋紙を見た。まだ真新しくて、ススで汚れてもいない。最近誰かが貼りつけたのだろう。偶然、こんなことが起こるわけがない。きっと、「ニセ怪盗インビジブル」がここを見ると思って、あらかじめ貼られていたのだろう。付箋は「おまえが盗み出したものはいただいた」という犯行声明だ。

「下手くそな、ネコ」

付箋をじっと見ているうちに、じわりと涙が滲《にじ》んで視界が揺れた。緊張感のないネコが、張り詰めていた気持ちを、わずかにほどいてくれていた。

人のものを盗んで、消えない罪を背負った。

取り返しのつかない過ちを犯した。

それまで積み上げてきたものをすべて失った。

でも、罪の炎に焼きつくされて、灰だけになった世界の中に、たった一粒だけ残ったものがあった。自分に残された、灰の中の小さなダイヤモンドを拾い上げて、モモは小さな手をぎゅっと握りしめた。

私は、透明じゃ、なかったんだ。

intermedio

よう、校長！　という声が、少し離れたところから聞こえた。顔を上げると、体育館裏の奥、もう使われていない焼却炉の辺りに、小林さんが立っていた。さてはまた一服していたな、と、真治は苦笑した。

「校長がこんなとこに来るなんて珍しいな。見回りか？」

「そんなところです」

小林さんは額の汗をタオルで拭うと、ポケットから煙草を取り出し、さも当然のように口にくわえた。真治が「校内ですよ」と一応の注意をするが、固いこと言うな、と笑われた。

「でも、あれだろ。もう大丈夫なんだろ？　怪盗ナントカ」

「まあ、そうですね。一応は」

北中を騒がせてきた怪盗インビジブル事件は、一応の終息を見せた。だが、完全に解決できたわけではない。うやむやのまま終わってしまったような格好だ。子供たちへの影響を考えた結果、誰が犯人、という事実をはっきりさせることはできなくなったし、盗まれた物は戻ってこなかった。一体どうすればよかったのかと思うと、真治は鬱々とした気分になる。

「そうか。まあ、よかったじゃねえか」

「ええ、まあ」

あ、そういやな、と、前置きをして、小林さんは焼却炉の脇にある用具小屋からプラスチック製のトレイを引っ張り出してきた。真治がぱっと目についたものを拾い上げてみると、どうやら若い男性歌手のポラロイド写真のようだ。油性ペンでサインのようなものが書かれている。

その他にも、ピンバッジ、キーホルダー、お守り、カードなど種々様々なガラクタが並べられていた。

「小林さん、これは？」

「誰かわからねえが、前から俺の灰皿にガラクタを放り込んでいくやつがいてよ」

小林さんは、灰皿、と言いながら、焼却炉を拳でつついた。

「灰皿」

「もし大事なもんなら、そのうち誰か取りに来るんじゃねえかと思って取っておいたんだがな」

「来ませんでしたか」

「さあな」

真治はしゃがみこんで焼却炉を眺めた。北中は創立九十年の歴史がある。焼却炉もなかなかの年代物で、コンクリート造りのどっしりしたものだ。かつてはここでゴミを燃やしていたが、ダイオキシンの発生が取りざたされるようになって、焼却炉は廃止された。すでに撤去している学校も多いが、北中のコンクリート造りの焼却炉は撤去費用がかさむらしく、なかなか自治体からお金が降りてこない。

「この中にねえ」

真治はしゃがみこんで、灰出し口の扉を指先でつまんだ。引っ張ると、予想以上に滑らかに開く。どうやら、蝶番《ちょうつがい》に油が点《さ》してあるようだ。中は灰と吸いガラだらけかと思えば、意外にもきれいに清掃されていた。

「おい、勝手に開けんじゃねえよ」

おや、と、真治は灰出し口の扉の裏側に目をやった。なにかが貼りつけられている。

黄色の付箋紙だ。

「小林さん、これ」

「ん?」

「怪盗インビジブルですよ」

「ああ、そうかよ」

そうかよって、と、真治は付箋をじっと見た。

「見てくださいよ」

「別に興味ねえよ、俺は」

付箋の貼られた人差し指を、小林さんの前に差し出す。半笑いだった小林さんの表情が、ぎゅっと強張った。

「ネコの絵、下手くそですよね」

黄色い付箋紙には、黒いペンで味のあるネコの絵が描いてある。

その下に、赤いペンで文字が綴《つづ》られていた。

「ありがとう」と。

CASEO

1

ねえちょっと、早く来てよ、と、風紀委員の佐藤美音《みね》は同じクラスの皆藤マサハルの手を引いた。昇降口を上がってすぐ、全校生徒が目にする学校掲示板に美音の描いたポスターが貼り出されているのだ。県の「風紀向上ポスターコンクール」で銀賞を受賞した作品で、今日は北中での凱旋《がいせん》お披露目の初日ということになる。

「どう、どうよ、どうなの？」

マサハルが、口を半開きにしながらポスターを見上げる。マサハルは幼馴染《おさななじみ》だし、話をしやすいし、穏やかでいいやつなのだが、はっきりしないのと動きがいちいちノロいのが玉に瑕《きず》だ。

「すごいね」

「なにが？　どこが、どうすごい？」

ポスターには、「かいとうめいにんげんが来る！」というメッセージとともに、美音入魂の漫画が描かれている。「かいとうめいにんげん」とは、「怪盗」と「透明人間」を組み合わせた、美音の造語だ。目に見えない泥棒が物を盗んでいく、というイメージによって、失くし物をしたり盗難にあったりしないよう、持ち物の管理徹底を促すポスターに仕上がっている。

昼休みに入って数分経ち、掲示板前一番乗りだった美音とマサハルの周りを、あっという間に他の生徒たちが取り囲んでいた。大半は、美音たちと同じ二年生だ。そんなにみんな私のポスターが見たかったのか、と美音が悦《えつ》に入っていると、あちこちから、「はあ?」「信じらんねえ」といった不満げな声が上がった。

美音は、自分のポスターがそんな不評を買うほど出来が悪かったのだろうか、と泣きそうになったが、どうも変だということにすぐ気がついた。みな、美音のポスターになど目もくれず、別の方向を見ているのだ。マサハルも、いつの間にか美音のポスターから目をそらしていた。

あんたちょっと、なによそ見してんのよ、とマサハルの耳を引っ張り上げる。マサハルは「痛い」と「違う」を交互に繰り返しながら、ポスターの隣に貼り出された掲示物を指差した。

美音のポスターの隣には、わら半紙に数行の文章が書かれたお知らせが掲示してあった。がさがさした茶色っぽい再生紙の色に、インキの黒が負けている。目を凝らして見ると、「三学年時修学旅行の行き先希望調査票の回答集計結果について」という手書きの題目が見えた。

あ、これも今日発表か、と美音は歯噛みをする。

北中では、三年生の五月に修学旅行が実施される。美音たち二年生にとっては来年度の行事ではあるが、旅行の手配などの期間を取るために、今年の九月、修学旅行の行き先の希望について調査票が配られたのだ。修学旅行はみんなの重大関心事だ。そんなものを隣に置かれてしまっては、美音のポスターなど存在がかすんでしまう。

「ねえ、美音」

「なに!」

「おかしくないかな？　これ」

「どれ！」

「集計結果」

調査票は無記名ではあったものの二年生全員が対象で、第一希望、第二希望を選択するようになっていた。場所は、定番の京都・奈良を筆頭に、北海道や三重県の伊勢、九州、船で行く伊豆大島など七案が提示されていた。教室でみんなとわいわい騒いだ中では、一番人気は「北海道」だと思われた。飛行機に乗ってみたい、という生徒が多かったからだ。

もちろん他の行き先を希望する生徒もいて、上位は接戦になってもおかしくはなかった。だが、圧倒的不人気一位だけはみんなわかっている。今年、三年生が行った、福島の会津若松《あいづわかまつ》である。

別に、福島や会津という場所自体が悪いわけではない。近隣の他の学校でも会津に行ったところもあるし、普通に行けば、お城に磐梯山《ばんだいさん》、きれいな猪苗代湖《いなわしろこ》や五色沼《ごしきぬま》など、見所も多いのだ。だが、今年五月の修学旅行はわけが違っていた。

旅行の日程は最初からおかしかったらしい。定番の観光スポットなど目もくれず、初日から山奥に取り残されたような集落に連行される。熊でも出そうな山道を延々数時間歩かされた挙句、たどり着いたのは今にも傾きそうな秘境宿だ。部屋は風情もなにもあったものではなく、ただただボロいだけのところにすし詰め。食事も、煮物や佃煮《つくだに》などが数品という粗末《そまつ》なものだった。布団は埃臭《ほこりくさ》いし、夜は真っ暗でなにも見えない。離れのトイレに行くのが怖くて泣きだしてしまった先輩も一人二人ではなかったそうだ。

翌日も日中のほとんどは「自然散策」という名目で山中をぐるぐる歩かされ、最終日は小さな町の土産物屋で無理矢理買い物。民芸品だのわけのわからない仏像だのという渋いものしかなく、持たされた小遣いを使いきれない生徒が続出した。

そんな、例年にない最悪の修学旅行であったにもかかわらず、費用は前年よりもかなり高かったそうで、当然のように父兄からも文句が出た。学校側からは、「定番化された旅行とは違う貴重な自然体験をしてもらったために旅行費用が多少高くなった」と説明があったが、それで納得する父兄は誰もいなかったらしい。

前年にそんな出来事があったので、今年は生徒からも父兄会からも、生徒たちの意見を取り入れるよう学校に要望があった。そこで実施されたのがこの行き先希望調査だったのだが。


掲示物には、集計の結果、得票数一位は「福島」と書かれている。


美音の周りを取り囲む同級生たちは、そんなわけないだろ、の大合唱だ。美音も、さすがにこの結果には驚いた。部活に入っている子たちは、先輩から「あの地獄だけは選ぶな」とさんざん聞かされているはずだ。一周回って行ってみたい、という天邪鬼《あまのじゃく》がいたとしても、数は限られている。一位になることなどありえなかった。

試しに、美音が前に立ち、回答用紙に北海道って書いた人、と挙手を求めると、かなりの数の手が上がった。一部票が割れた場所もあったが、福島には一票も入っていなかった。集計結果のお知らせには、得票数一位しか書かれておらず、具体的な票数や、二位以下の場所の記載もなかった。

「おかしい。これ、おかしいよ、マサハル」

「そうだよねえ」

「ねえ、どういうこと？」

「そんな、僕に聞かれても」

もはや、美音も自分のポスターのことなどすっかり忘れ、修学旅行の集計結果で頭がいっぱいになっていた。なぜ、どうして、という考えが消化できずに、脳みその中をぐるぐる駆け巡る。

「ちょっと」

「ん？　なに？」

「なにしてんのよ。行くよ」

美音が、マサハルの耳をつまんで引っ張る。マサハルは情けない声で「痛い」と「どこに」を交互に繰り返した。

「どこにって、決まってんでしょ」

先生のところ！　と言いながら、美音は人だかりを抜け出した。マサハルの耳を摑んだまま。

2

職員室には、さきほどから絶え間なく美音の声が響いている。給食を終えたばかりで頭が回っていなそうな担任の合田《あいだ》先生が、うんざり、という内心を隠そうともせず、ただうんうんとうなずいていた。マサハルは荒れ狂う美音の後ろで、ただひたすら縮こまっている。周囲からは、なんだあれは、という教師たちの白い目が集まってきていた。マサハルは針の筵《むしろ》に座っているような心地なのに、当の美音はまったく意に介していない様子だ。

「いやだから、結果そうなったんだから、しょうがないじゃないか」

「結果がこうなるわけないって言ってるんですって」

「なにを根拠に言っとるんだ」

「私、みんなに、どこに投票したか聞きましたもん。割合的に、あの結果には絶対ならない」

「そんなの、お前みたいなやつが血相変えて聞いて回ったら、みんなほんとのことなんか言えんだろうが」

じゃあ、回答用紙見せてくださいよ！　と、美音が食い下がる。できるかそんなこと、と、合田先生が声を荒らげた。

美音は昔から、曲がったことが大嫌いな性格だ。それだけならまだいいのだが、曲がったものは曲がったまま置いておくことがどうしても許せないし、真っすぐに正さなければ気が済まない。一旦、「これは曲がっている」と思ったら、目上の人間だろうが不良生徒だろうが、臆《おく》することなく嚙みついてしまう。おかげで、もめ事を起こすこともしばしばだ。

担任の先生も当然、美音の面倒な性格についてはよく知っている。のらりくらりとかわそうとしているのだけれど、一度食いついた美音は、自分が納得するまでちょっとやそっとでは放さない。これは長期戦になるぞ、と、マサハルは美音に聞こえないようにため息をついた。

美音のあまりのしつこさに、根負けした合田先生がとうとう「俺は集計に関わってない」と、逃げの一手を打ってしまった。じゃあ、誰が関わったんだ、と美音が顔を上げると、職員室内の視線が、ざっ、と音を立てるように一斉に美音から離れていった。中には、まだずいぶん時間があるのに、次の授業へそそくさと出ていってしまう先生もいた。

みな、関わり合いになりたくないのだ。

「こんなの、不正ですよ、不正！」

「おい、めったなことを言うな」

「絶対、突き止めてやる」

鼻から火でも噴《ふ》きそうな勢いで、美音が職員室をずかずかと出ていく。マサハルがぺこぺこと頭を下げながら美音の後について行こうとすると、ちょっと待て、と、合田先生に腕を掴まれた。

「おい、ちょっと、マサハル待て」

「え、あ、はい」

「おまえな、あいつをなんとかしてくれ」

「なんとかしてくれ、と言われましても」

「これはな、あいつがいくら騒いでもどうにもならんことなんだ」

「は、はあ」

「な、お前ならわかってくれるだろ？　俺だってなあ、こんなことは言いたくないが、ぎゃあぎゃあ騒ぎ立てられたら困るんだよ。俺の立場もわかってくれよ」

「でも」

先生の手が伸びてきて、マサハルの耳を摑んだ。今日は耳が災難だ。「痛い」と「もげる」を繰り返していると、先生が耳元に口を寄せた。

「いいか、修学旅行はな、もう動いちゃってるんだよ」

「動いてるって、行き先決まったばっかりなのに」

「それでも、もう動いちゃってんだからしょうがねえんだよ」

「じゃあ、調査票の集計結果は？」

「結果がどうであれ、行き先は決定事項だ」

「そんな、じゃあ意味ないじゃないですか」

「いやな、俺だってそりゃ、できることならお前たちの好きなところに行かせてやりたいよ。でもなあ、どうしようもなかったんだよ」

「なんでですか」

「オトナの事情ってやつよ」

「オトナの、事情」

マサハルの頭を、先生がゆっくりと捻って向きを変えた。顔が、職員室の奥、人の立ち入りを拒絶するように閉ざされた木の扉の方向に向く。

「校長先生？」

しっ、と、合田先生がマサハルの言葉を掻き消そうとする。先生の顔と、閉ざされた校長室の扉を、マサハルの視線が何度か往復した。すべてが明らかになったわけではないが、なんとなくどよんとしながらも、どういうことかわかったような気がした。

「いいな、マサハル。あいつに騒ぎを起こさせるな」

いつも命令口調の先生が、最後は「頼むよ」と、縋《すが》るような猫撫《な》で声を出して、ぞっとした。

「ちょっと！　なにしてんの！　ウスノロ！」

職員室にどすどすと足音を立てて舞い戻ってきた美音がマサハルの前にやってきて、への字口でにらみつけてきた。最近ようやく身長は追い抜いたとはいえ、まだまだその迫力には勝てる気がしない。

美音が、手を伸ばす。

そしてやっぱり、マサハルの耳を。

美音に引きずられ、「痛い」と「ごめん」を繰り返しながら、マサハルは合田先生に向かって目で訴えかけていた。この思いが、先生に届くだろうか。届け。思いよ届け。

——先生、僕なんかが、美音を止められるわけないじゃないですか。

3

ああ、腹立つ！　という怒号とともに、がん、という鈍い音がした。体育館裏の小型焼却炉を、美音が怒りに任せて蹴り飛ばしたのだ。焼却炉が不機嫌そうにごうごうと唸り、煙突から煙を吐く。

「おい、うちの灰皿をいじめるんじゃねえ」

後ろから、煙草を咥えた用務員のおじさんの声がする。「おじさん」と言っても、まだ学校に来たばかりの見習いで、二十二、三歳の若い用務員さんだ。中学生と並んでも違和感がないくらい小柄で、富士額《ふじびたい》にパンチパーマ、長いもみ上げという若者らしくないサル顔が乗っかっている。

「ねえ、モン吉聞いてよ！」

用務員の「おじさん」は、小林平吉という名前だ。小柄で細身だしサル顔だし、一目見てサルっぽいなと誰しも思うはずではあるのだが、それをなれなれしく「モン吉」などと言ってしまえるのは美音のすごいところだ。美音は、自分の進む先に障害などないとでも言うように、するりと人の懐《ふところ》の内側にもぐりこんでしまう。

「なんだよ」

「修学旅行の話！」

半日、美音の後ろについてあちこち聞いて回っているうちに、修学旅行問題の全容がうっすらと見えてきた。

北中が開校して以来、福島・会津地方への修学旅行を行《おこな》ったのは、今年の三年生が初めてだ。それまでは、他校と同じように定番の観光地に行くことが多かったのだが、今回いきなり、「自然散策」がメインの旅行に切り替えられた。

どうやら、修学旅行の目的地を決めたのは、校長先生らしい。

今の校長先生は、北中に赴任してきて二年目だ。いかにも校長、といった風貌《ふうぼう》のおじさんで、生徒の間では、集会の時の話がくどくて長い、と評判が悪い。生徒たちだけでなく先生たちからもあまり好かれていない様子だ。若い先生に聞いたところによると、生徒や学校の状況にはあまり興味をもたず、基本的には校長室に引きこもって出て来ないらしい。面倒ごとは全部他の先生に丸投げで、とにかくやる気がないようだ。

そのヒトマカセ校長先生が急に自ら先頭に立って指示したのが、今年の修学旅行だった。それまでの慣例をいきなり無視して、自然と触れ合う修学旅行という方針に急転換したのだ。

もちろん、というか、当然、それには裏があるだろう。

合田先生が「オトナの事情」と言ったことを、マサハルは思い出していた。オトナの世界のことは正直ぱっと理解はできないが、自分たちの修学旅行が「オトナの事情」のためにいいように使われてしまうのは、いい気がしない。

そんなの、間違ってる。

美音ほど過激ではないが、マサハルも学校側の姿勢には怒りを覚えた。先生は付き添いで何度も行くのかもしれないが、多くの中学生にとって、修学旅行は一生に一度しかないのだ。

「よくある話だな」

小林さんが口からぷかぷかと煙を吐き出しながら笑う。おかしくて笑っているというよりは、どこか皮肉っぽい、鼻にかけたような笑いだった。

「よくあるの？　こんな話が？」

「まあ、教師が旅行会社に接待させるなんて話、よくあると思うぜ」

「なにそれ！　しんじらんない！」

「オトナっつうのは汚《きたね》えもんだって、昔っから相場が決まってんだよ」

「今回も絶対そうだよね。なんかもらってんだ、あいつ、きっと」

校長をあいつ呼ばわりか、と、小林さんが笑った。

「証拠を見つけて、突きつけてやる」

「いやでもさあ」

マサハルが言葉を挟もうとすると、なに！　と、美音がにらんだ。

「なによ、さっさと言いなさいよ」

「そういうのって、なかなかバレないからやるわけでしょ？」

「そりゃそうかもしれないけど」

「僕らみたいな子供に見つかるようなことしてたらさ、とっくに警察に捕まってるんじゃないかと思うけど」

「じゃあなに、黙って見過ごせって言うの？」

「そうは言ってないけど、でも、僕らにできることなんかあるかな、って」

美音が眉間にしわを寄せながら、ぐぬぬ、と声が出そうなほど力をいれたまま黙り込んだ。

「希望調査票の、回答用紙」

「え？」

「回答用紙があればはっきりするじゃん。集計しなおせば、絶対あの結果にはならないんだから」

「そうだけど、とっくに回収されちゃったわけだし、もう燃やされてんじゃないかな」

美音が、どうなの、と、小林さんに話を振る。小林さんは、修学旅行の紙は燃やした覚えがない、と答えた。焼却炉では毎日大量に紙ごみが燃やされるが、小林さんはちゃんと、大事な書類が紛れ込んでいないか確認しながら燃やしているそうだ。

「じゃあ、あるんだ、まだ」

「あるとしても、どうするのさ」

「持ってくりゃいいじゃん」

「職員室から？」

「そりゃ、職員室にあるんだから、そうなるよね」

マサハルは、首を思い切り左右に振りながら、だめだって、と美音をなだめようとした。職員室に忍び込んで回答用紙を持ってくるなんてことをしたら、そんなの――。


泥棒じゃないか。


マサハルがそう言った瞬間、美音の手が飛んできて、おでこをひっぱたかれた。ぱちん、という乾いた音がしたが、音の派手さほどは痛くない。

「痛い」

「違うから」

「違う？」

「泥棒じゃなくて、怪盗！」

あんたのことじゃないからね、と、美音が「皆藤」マサハルに釘を刺す。そんなつもりはまったくなかったし、言われてはじめて「あ、カイトウとカイトウか」と気づいたくらいだったが。

「回答用紙を盗みに行くから、怪盗？　ダジャレ？」

「違うって。なにそのぶっ飛びセンス」

「言葉を変えても、泥棒は泥棒だよ」

「いい？　怪盗はさ、正々堂々犯行予告するでしょ。こそこそ盗んでいくただの泥棒とは違うわけ。一緒にしないで」

シルクハットに夜会服、白い手袋とマント。目には、どうやって固定されているのかよくわからない片眼鏡《モノクル》。風のように現れて、警備の目をかいくぐってお目当ての品を盗み、また颯爽《さっそう》と去っていく怪盗紳士。確かに、ほっかむりをして風呂敷を背負った泥棒に比べれば印象はいいかもしれないが、結局のところやっていることは同じだ。

「こそこそ盗むか、堂々と盗むかの違いだけで、盗むことには変わりがないんじゃないかと思うんだけど」

「なによ、文句あんの」

「だって、美音はいつも言うじゃないか。曲がったことは大嫌い、って。それなのに、その美音が泥棒をするんじゃ、なんていうか」

――嫌じゃないか。

心の中に浮かんだ言葉を、マサハルは口には出さなかった。なぜそれが嫌なのか、いまいち伝えきれる気がしなかったからだ。

美音の性格は面倒くさいの一言に尽きる。それでも、マサハルがずっと友達でいるのは、美音が「正しい」からだ。いつも正しいことを言って、その正しいことに向かって突き進む。だから、美音の言葉には、はっとさせられるような力が宿るのだ。

でも、そんな美音が、修学旅行の行き先が不満だからという理由で泥棒なんかすることになったら、どうだろう。正しいことだと思えるだろうか。法律や校則に則《のっと》っていなくてもいい。理屈が滅茶苦茶でもいい。マサハルに、無条件で「正しい」と思わせてくれたらそれでいいのに、今日はなかなかそう思えない。

「ねえ、マサハルさ」

「うん」

予想に反して、美音は穏やかな口調で話し出した。うっさいわね、黙ってついてきなさいよ、と言われるとばかり思っていたのに。

「私、別にさ、先生たちから物を盗もうってわけじゃないんだよ」

「え？」

「第一、盗もうとしてるのは、あいつらでしょ」

「どういうこと？」

「オトナが、私たちの青春の一ページを盗もうとしてるんだ」

あ、と、マサハルは顔を上げた。一生に一度しかない中学生の修学旅行。みんなの思い出や経験という目に見えない財産を、オトナが盗んで、お金に換えようとしている。

「盗むことが悪いって言われるのはさ、盗まれた方が傷ついたり、苦しんだりするからでしょ？　でもさ、私がやろうとしてることは違う」

「違う、のかな」

「私は、取り返したいの。悪いオトナから、私たちの修学旅行を」

協力してくれるでしょ？　と、美音が真っすぐにマサハルの目を見て、力強くそう言った。


美音は、いつだって正しい。


法律だとか世間一般のルールなんかは無視だし、よく騒ぎを起こすし、そして今回も間違いなく大騒動を起こしそうだけれど、仕方がないな、とマサハルは思った。正しいことをやろうとする美音を止めることは、マサハルなんかにはできっこない。いや、マサハルだけじゃなく、きっと誰にも。

「わかったよ」

よし、と、美音がマサハルの前に手を伸ばした。今度は、耳を引っ摑まれることも、おでこを叩かれることもなかった。マサハルはおずおずと自分の手を差し出し、美音の手を握った。もう、風が冷たくなってくる季節だ。美音の手も、ほんの少しひやっとした。

「いいねえ、嫌いじゃないよ、こういうの」

隣で見ていた小林さんが、吸いガラを大きな「灰皿」に捨てると、マサハルや美音よりも少し大きい手を、ぽんと上に置いた。

やるか。

美音には「のろま」とか「ウスノロ」と言われるマサハルの頭が、ようやくじわじわと回転を始めた。

4

校長室の扉が開き、中から校長の薄い頭がひょこりと出てきた。そのまま、職員室をくるりと見回す。合田は慌てて手元の書類に視線を落とそうとしたが、一歩遅かった。校長とがっちり目が合う。扉の隙間からひょこんと手が出てきて、こっちに来い、と言うように手招きをした。

やりかけの校務をいったん置いて、合田は立ち上がった。引っ込んでいった校長の後を追い、校長室に入る。職員室と繋がっている厚い扉を閉めると、校長室は密室になる。

「今日になってですがね、私宛にこんなものが」

校長は自席につくと、机の引き出しから一枚の白い封筒を取り出した。どこにでもありそうな洋封筒だ。校長が、中を見ろ、と言うように目配せをする。合田は、気取られないようにため息をつき、封筒に手をかけた。

封筒から中身を引っ張り出す。ハガキ大の厚紙に新聞の切り抜きが貼りつけられていて、文章になっている。まずは、少し大きめの切り抜きで三文字。「予告状」という言葉が作られていた。

「予告状、ですか」

合田が顔を上げると、いいから続きを読め、と校長の目が動いた。

予告状

今から三日の間に
修学旅行を
取り戻しに
うかがいます

怪盗インビジブル

合田がどう反応していいかわからず固まっていると、校長が、これは由々しき事態ですよ、と口を開いた。

「犯行予告ですよこれは」

「犯行、予告ですかね?」

もう一度読み返すが、予告状とやらには、なにを盗む、といった具体的記述は一切ない。

「怪盗、と書いてあるからには、なにか盗むつもりなんでしょう」

「そのようですが」

「そのようって、よくそんな呑気でいられますね、合田先生」

「いや、でも、これは生徒のイタズラだと思いますよ」

「イタズラで済むならいいでしょう。でも、修学旅行を取り戻す、というのは、どういう意味でしょうか。なんとも不気味だとは思いませんか」

合田が、うーん、と唸っていると、校長の指が、苛立ちに合わせてトントンと机を叩きだした。

「修学旅行の件、誰かに感づかれているということはないですか」

「いや、それは」

合田は、ぐっと声を落とし、首を横に振った。

毎年、北中の修学旅行の調整を担当していたのは、合田だ。行き先や旅程など、旅行会社との折衝もすべて任されていた。無論、通常の校務をこなしながら修学旅行の調整を行うのは楽な仕事ではない。それでも合田が引き受けていたのは、それなりのウマミがあったからだ。

もちろん、旅行費の着服だとか、旅行代の一部を業者からキックバックしてもらうとか、そこまで露骨な不正を行っていたわけではない。せいぜい、お歳暮やお中元の季節に業者からビールが届くとか、「下見」と称して、公費でどんちゃん騒ぎができるとか、その程度だ。地方公務員としてはそれだけでも利益供与にあたるのではあるが、合田の中では、面倒ごとを引き受ける「手当」のようなものだと勝手に正当化していた。

これまでは、誰も合田に文句を言うものはいなかった。合田に任せておけばいい、と興味を持たない教師もいたし、うすうす合田の「不正」に気づきながらも、まあそれくらいは、と容認していた教師もいただろう。暗黙の了解というやつである。

その状況が一変したのは、現校長が来てからだ。

新しい校長は、教育者というより管理者という色の方が濃い人間で、現場は教職員にすべて任せ、自身は学校経営を目下の仕事と見ているようだった。経理や庶務から上がってくる決裁書類をえらく細かいところまでちくちくと確認した結果、校長は出張回数や旅費の申請記録などから、合田の不正に気がついたらしい。

いろいろバレて懲戒を受けるだけならまだ「自業自得」と納得もできたのだが、校長はそうしなかった。首根っこを摑んだ合田を、自身が不正を行うための手駒《てごま》にしたのである。

校長は合田が計画していた今年度の修学旅行計画を破棄し、急遽《きゅうきょ》行き先を切り替えた。観光地からは遠く離れた、こんなところに本気で行くのか？　と合田でさえ首を捻るような山間の集落にだ。

生徒たちに現地で見せるものなどなにもないので、日程のほぼすべては「自然散策」という名の意味のない山中行軍になった。地域に二軒しかない宿では部屋数の確保もままならず、本来なら二、三名用だと思われる部屋に、生徒六人を突っ込む羽目になった。それでも、部屋代はきっちり六人分支払わなければいけない。

生徒たちには地獄だっただろうが、随行《ずいこう》の教師にとっても地獄だっただろう。合田だって、できることならこんななんの得にもならない旅行の手配などしたくない。来年随行しなければならないと思うと、頭痛が起きそうだった。

校長が、修学旅行にこだわるのには、もちろん理由がある。

件の集落は、実は校長の出身地なのだ。

校長はあと数年で定年を迎えるが、退職後は地元に帰って議員に立候補するという青写真を描いているらしい。国会議員でも地方議員でも、一番歓迎されるのは、地元にカネを呼び込んでくれる人間だ。観光客など年間で数百人いるかいないかという地域に二百数十名の団体が来れば、地域にとっては大きな特需になる。店によっては、数ヵ月分の売り上げに相当する額を、数日で賄《まかな》えてしまう。

当然、集落の人間からすれば、特需をもたらす校長は神様仏様の類の存在である。その上、他の観光地と比べて原価の割安な地域で、例年より多くの旅行代金を取れるものだから、旅行会社の人間にとっても校長さまさまだ。合田も同行した下見の時など、校長は下にも置かれない扱いで大歓待を受け、旅行会社の接待費で思うさま豪遊していた。人のカネで食って遊んで、地元の人間からは感謝されるのだ。こんなにウマい話はない。

校長は、合田を下見に同行させることで、自分側に抱き込んでいるつもりだろう。だが、特にうまいものがあるわけでもなく、夜の店に行っても年齢層の高い女性しかおらず、今まで合田が守り続けてきた「修学旅行利権」には比ぶべくもないおこぼれでしかない。正直言って、横で校長の乱痴気《らんちき》騒ぎのお守りをするだけという、最悪の仕事だ。

「神様」という立場を守るために、校長は無理矢理にでも修学旅行生を地元に送り込む必要がある。合田はろくな見返りもないまま片棒を担がされるという、一番損な役回りに徹しなければならなかった。

「あの、一部生徒の中には、例の調査票の結果に疑問を持つものもおるようでして」

「調査票？　どうしてですか？」

「いやその、仲間内で話している印象と、集計結果に差があったからではないかと思いますが」

「それでは、集計に不備があったとでも言うのですか？」

校長が、冷たい目で合田を覗き込むように見た。回答用紙の集計を行ったのは校長自身だ。どうせ、結果ありきでろくに目を通していないだろう。行き先希望調査は父兄会に向けたポーズでしかない。校長のじっとりした目は、なんと言われようともこれが正規の結果だという態度を崩さず貫け、という無言の圧力である。

「その、あくまで生徒たちの一部で、そのような話があるということです」

「そういう生徒たちによく納得してもらうのも、先生の役目だと思いますがね」

「はあ、申し訳ありません」

ぐっ、と拳に力が入る。面倒ごとは全部俺か、とため息が出そうだ。

「まあ、気にするほどのものではないと思います。所詮イタズラですよ」

「そうでしょうかね」

「もしご心配でしたら、その、誤解を受けそうなものを、金庫にでも突っ込んでおけばよろしいのではないかと思いますが」

合田は、誤解、というところにアクセントを置いた。校長も不正の証拠を持ち続けているほどのバカではないだろうが、それを想起させるような文書や領収書があるだけでも、生徒や父兄会の疑念に火を点けることになりかねない。

校長室には、創立以来の学校誌などの入った大きな金庫が二つある。こちらは校務でも使うので教職員全員が解錠方法を知っているが、もう一つ、校長専用のダイヤル式金庫がある。ダイヤルの番号は校長しか知らないいし、かといって金庫ごと持ち出せるほど軽いものでもない。普段は、生徒に渡す成績表や賞状を保管するために使っている。

「なるほどね。誤解、を受けるとなにかと面倒ですからね」

「そうですね、誤解、ではあっても面倒ですから」

ふうむ、と、校長は顎《あご》をさすりながら思案している様子だった。なにかあぶないものでも持ってるのかよ、と頭が痛くなった。そんなもん、さっさと処分しておけ、とも思った。

「時に、合田先生」

「はあ」

「この、怪盗、イン、インビ、ジ、ブルってのは、どういう意味ですかね」

もう一度、予告状に貼られた「怪盗」の名前を見る。インビ、ジ、と声に出して読むが、あまり聞き馴染みのない言葉だ。逆さから読んでみたり、文字を切ってみたりするが、どうも意味はわからない。

「わからないんですか」

「いや、その、自分は国語教師なもので、横文字は苦手でして」

「そんな心構えでよく教師が務まりますね。いまどきの教師は、担当教科だけでなく幅広い知識が求められると思うんですけどね」

校長がこれ見よがしにため息をつく。言っていることは正論だが、これにはさすがに合田もカチンときた。

「その、お言葉ですが」

「ん?」

「校長先生はご存知ですか、インビジなんとか」

合田が、予告状を校長の方向に向け、わざとらしいほど丁寧に置いた。校長は老眼鏡を上下させて食い入るように見ていたが、やがて一言だけ、「私は数学教師でしたから」とつぶやいた。

5

給食の時間、校舎の廊下には人の姿はない。いつもは早々に給食を食べ終えたせっかちな連中が走り回っていることもあるが、今日は昼休みの時間に校内放送を使って優秀生徒の表彰式が行われているようで、みな教室に貼りつけにされている。

小林平吉は、生徒たちのいる教室から離れ、人気《ひとけ》のない理科室に入った。不用心なことに、教室は施錠されていなかった。備品からマッチ箱を拝借し、咥え煙草に火を点ける。煙が肺にドスンと落ちてきて、頭がすっきりと晴れていく。

佐藤美音が「予告状」を校長に送り付けてから三日、今日が予告された盗みの期限だ。校長は多少警戒しているだろうか。四角張った校長のタヌキ顔を想像すると笑えて来る。

「頃合いだな」

平吉は、着ていたジャンパーのファスナーを開けた。裏地には筒状の物体がいくつかビニールテープで固定されている。はたからみると、まるで爆弾魔かなにかのように見えるかもしれない。

　ビニールテープをはがし、筒を一本取り出す。筒の正体は、トイレットペーパーの芯にアルミホイルを貼りつけたものだ。先端はアルミホイルで閉じられていて、筒の中から導火線が伸びている。平吉は煙草を何度かふかすと、温度が上がって橙色の光が強くなった先っぽに、導火線を近づけた。導火線は、こよりに花火の火薬を仕込んだものだ。しゅわ、と音を立てて、勢いよく筒の中に火が導かれていく。

　しばらく平吉が筒を持っていると、導火線の反対側に開けた細い口から真っ黒な煙がもうもうと噴き出してきた。見た目の簡単さからは考えられない量の煙が、絶え間なく溢れ出してくる。

　筒状の物体は、平吉お手製の発煙筒である。

　もともと米軍基地のそばに住んでいた平吉は、幼い頃、よく基地の中に忍び込んで遊んでいた。見つかれば米兵に射殺されてもおかしくない危険な遊びだったが、だからこそ、刺激のない子供たちにはたまらない遊びだったのだ。

　発煙筒の作り方は、沖縄からやってきた年長の若者に教わった。筒の中身は、砂糖と硝酸《しょうさん》カリウム、そして黒色塗料を秘密の配合比で混ぜ合わせ、加熱して練《ね》り飴のようにした「煙種《けむりだね》」である。火を点けると、市販品の発煙筒など比較にならないほど大量の煙が出る。平吉の発煙筒は、基地で米兵に見つかった場合の、逃走の切り札だった。室内で使えば、あっという間に米兵の視界を奪うことができる。煙のおかげで逃げ切ったことも一度二度ではなかった。

　背が小さくてすばしこい平吉は、米軍基地に忍び込む度に大量のお菓子や食料をかっさらってきた。大人になって思えばぞっとするほど危険な略奪行為だが、幼い頃は怖いものなしだった。

神出鬼没の平吉を、当時の米軍兵士たちは、腹立たしさとほんの少しの敬意をこめて、「The Phantom Thief（怪盗）」だとか、「Invisible Man（透明人間）」というあだ名で呼んでいたようだ。

発煙筒が問題なく煙を吐くことを確認すると、平吉は筒を理科室の端に投げ捨てた。続けざまにもう一つ、筒に火を点ける。あっという間に理科室全体が黒煙で真っ暗闇になっていく。

――続いて、二年五組、佐藤美音さんの表彰です

スピーカーから、「表、彰、状」と、固い口調で表彰状を読み上げる校長の声が聞こえてきた。我ながら、完璧な時間の読みだと平吉はほくそ笑む。

持ってきた発煙筒すべてに着火すると、平吉は悠然と理科室を出た。扉の隙間から、煙が漏れ出してくるのがわかる。短くなった煙草を吸って名残りを惜しむと、平吉は廊下の天井に向かって煙草を掲げた。天井には、一定間隔で煙感知器が取りつけられている。煙草の煙を少し浴びせてやれば、当然のように。

ジリリ、というけたたましい警報ベルの音が、学校中に響き渡った。

それまで、校長の声を流していた校内放送が切り替わり、緊急警報、という自動音声が流れた。生徒たちは落ち着いて、次の放送まで待機しなさい、という内容だ。火災であることを教職

員の誰かが確認すると、今度は避難指示の放送に切り替えられることになっている。

廊下の向こうに、慌てて駆けつけた教頭先生の姿が見えた。平吉は黒煙の漏れ出す理科室を指して、「火災発生！」と怒鳴った。声を聞いた教頭が、了解！　と叫んで、あたふたと走っていく。平吉は廊下に置いてあった消火器を拾い上げ、理科室に向けて噴射した。これくらい煙でもくもくにしてやれば、教員による一次消火は無理と判断されて、全校生徒に避難指示が出るだろう。

あんまりやりすぎて平吉の仕業とバレたら、せっかく仕事にありついたばかりなのにクビを切られてしまうかもしれない、という考えが今さらながら頭をよぎった。が、まあいいか、と平吉は笑い飛ばした。別に、仕事くらいはどうとでもなるだろう。

6

けたたましく鳴り響く警報ベルの音に、校長がおろおろと狼狽《うろた》えている。合田は校長室の内側から扉を開け、職員室を見回した。ほとんどの教師は担任する学級で給食の時間を過ごしていて、職員室内には庶務担当など、数名しか教師がいない。そこへ、火元の確認に行っていた教頭が慌てた様子で戻ってきて、三階の理科室から出火の模様、という現状を伝えてきた。すでに理科室周辺は黒煙に包まれていて視界も悪く、このままでは延焼の恐れあり、とのことだった。用務員の小林さんが初期消火を行ったが、視界の影響で鎮火の確認まではできていない。教頭は、初期消火は断念すると判断した。本来であれば校長が災害対策本部の設置を校長室で宣言するはずなのだが、火の回りの早さを考慮して、本部設置宣言は省略することになった。こうなると、全校避難は待ったなしの状況だ。

校長室では、ここ最近コンクールなどで入選を果たした生徒が数名、校長室表彰を受けるために集まっていた。市の美術コンクールで賞を獲った生徒が二人、そして、風紀向上ポスターコンクールで銀賞を獲った、合田の学級の風紀委員・佐藤美音だ。合田は佐藤の表彰の付き添いで、一足早く給食を済ませて校長室に来ていた。

「はやく、避難指示を！」

まだ現実が見えていないのか、固まったままの校長に声をかける。どうも、この校長は肝《き》っ玉《たま》が小さいというか、根が臆病なようだ。そういう人間ほど自分を大きく見せようと尊大にふるまいがちだが、災害時は人間の性根がモロに出る。頼りにならねえなこいつは、と、合田はため息をついた。

校長は慌てて校長室を飛び出し、職員室に出た。数名の教師の視線が集まったが、頭が真っ白になっているのか、指示どころか、うんもすんもない。見かねた教頭が、校長に向かって全校避難指示を出します、と了解を取る。すぐに、教務主任が放送室に走って行った。

「私は、なにをするんでしたっけ」

「校長先生は、校庭に出て災害本部の設置です！　避難の報告を受けてください！」

「いやその、でも、この子たちは」

「職員室にいる生徒は、私が避難誘導しますので！」

「そうか、そうですね。じゃあ、頼みましたよ」

校長は副校長と教頭に挟まれ、慌てて職員室から外に出ていく。理科室は西側なので避難ルートは東階段側だが、動転した校長は西階段に歩いて行こうとした。慌てて教頭が校長の腕を引摑み、東階段に引きずっていく。日頃の避難訓練てのは大事だな、と、合田はもう一度深くため息をついた。

美術部の生徒を庶務の先生に預け、一緒に避難してもらうよう頼む。合田はこの後、自分の学級に急がなければならない。放送室から、先生の指示に従って避難するよう指示が出た。

振り返ると、校長室の前に生徒が二人残っていた。表彰状を手にした佐藤美音と、写真部の皆藤マサハルだ。薄い笑みを浮かべる美音を見て、バカ野郎、とどやしつけてやりたくなった。

ここまでするか?

佐藤がなにをしようとしているのか、みなまでは知らない。ただ、「予告状が届いたら、校長に大事なものを金庫にしまうよう誘導しろ」と言われていただけだ。

結局のところ、暴走し出した佐藤美音を止める術《すべ》は合田になかった。佐藤は、一度こう、と決めたら、教師がなにを言おうと無駄だ。質《たち》が悪いことに、佐藤の言うことは正論だ。生徒一人、大人の力でねじ伏せることもできるのだろうが、正論に対抗するのは難しい。教師の言うことは正しい、という前提が崩れてしまっては、生徒と教師という関係の均衡が取れなくなってしまう。

下手に佐藤を黙らせようとして巻き添えを食うより、佐藤に協力した方が得策だ、と合田は考えた。上手くいけば、修学旅行利権を校長から取り戻すことができるかもしれない。だが、いくらなんでもここまでの騒ぎを起こすとは思っていなかった。やはり関わり合いになってはいけない生徒だった、と頭を抱えたくなるが、後悔先に立たずである。

「折らないでくださいよ？　私、初めてもらったんだから、こういうの」

「お、おい」

佐藤は合田の手に表彰状を持たせると、親指を立ててウインクをし、踵《きびす》を返して校長室の奥に引っ込んでいった。首からカメラをぶら下げた皆藤マサハルが、申し訳なさそうに頭を下げ、校長室の扉に手をかける。マサハルが言いたいことは、無言でもなんとなく伝わってきた。

――先生、美音を止められるわけがないんですよ。

7

マサハルが校長室の扉を閉じると、外のざわめきがすっと遠くなった。さすが校長室、壁や扉の厚みが他の部屋とは違う。

美音はスカートの腰のところにねじ込んであった手袋を取り出し、手にはめた。校長の机の引き出しを開け、金庫の鍵をすばやく摑み上げる。さっき校長先生が金庫から賞状を取り出すときに、鍵の在処《ありか》は確認済みだ。美音は校長室後方の棚を開け、金庫の鍵穴に鍵を突っ込んだ。事前に、合田先生から「校長がなにかを金庫に保管した」という話は聞いていた。だが、金庫はダイヤルロック式だ。鍵を挿した状態で、ダイヤルの番号を正しく合わせなければ開かない。

「ねえ、どうする気？」

「どうするって、開けるにきまってるじゃない」

「開ける？　金庫を？」

美音は、テレレテッテレー、と、どこかで聞いたことのあるメロディを口ずさみながら、セーラー服の袖口から隠し持っていたものをずるずる引っ張り出した。お医者さんがよく首にかけている、聴診器《ちょうしんき》だ。

「どっから持ってきたんだよ、そんなの」

「保健室で借りてきた」

またどんな強引な理由をつけて強奪《ごうだつ》してきたのかはわからないが、美音は聴診器を耳にかけると、本来人の胸に当てるべき先っぽの部分を、金庫のダイヤルの隣に当てた。

「まさか、そんなんで本当に開けられるの？」

「一回、おばあちゃんちの金庫開けたことあるからね、私。これとだいたい同じやつ」

「うそでしょ？」

「おじいちゃんが死んじゃった時、大事な書類が全部金庫の中に入ってるって、おばあちゃんが困ってたからさ。図書館に行って、開け方調べたんだよね」

美音が聴診器を当てながら、眉間にしわを寄せてダイヤルを回す。ゆっくり回していると、解錠番号に合ったところで、キン、という高い音が聞こえるらしい。これじゃ本格的に泥棒だ、とマサハルがぼやくと、すぐに、うるさい、と怒られた。

「あー、うるっさいなあ、もう」

校長室の中は静かだが、けたたましく鳴り続ける警報ベルの音は壁を突き抜けて聞こえ続けていたし、時折流れる校内放送は室内のスピーカーから聞こえるので、音量が大きい。その度に集中を乱されるのか、美音はいらいらした様子で、うるっさい！　と怒鳴った。

美音がダイヤルを何度もキリキリ回しているが、簡単には開かない。マサハルは、そわそわしだしていた。「ニセ火事作戦」は上手くいっているようだが、所詮は煙だけのニセモノだ。あまり時間をかけすぎると、火が出ていないということがバレてしまう。小林さん曰《いわ》く、騙《だま》せる時間はおそらく十五分から二十分が限界、ということだった。全校生徒を避難までさせる大騒ぎを起こしたのだ。もし美音とマサハルの仕業とバレてしまったら、大目玉どころでは済まされない。

邪魔はしてはいけないと思いつつも、どんどん腹の奥が落ち着かなくなっていく。ねえ、美音、まだ？　と言いそうになるのを、五回ほど堪えた時だった。急に美音が振り向き、目を丸く見開いて、にやりと笑った。聴診器の先っぽを離し、代わりに挿しっぱなしの鍵を捻る。

はたして。

美音が取っ手を摑むと、重厚な金庫の扉がなんの抵抗もなくするりと開いた。思わず、やった、とガッツポーズをする。

「さすが、怪盗――」

インビジブル！　二人の声が重なる。

予告状に入れた「怪盗インビジブル」の名前は、美音が描いたポスターに出てくる「かいとうめいにんげん」から取った。そのまま使ってしまうとバレそうだったので、ちょびっと英語がわかる小林さんに、「透明人間」を英語でなんというのか聞いた。小林さんは、妙に舌を巻きながら、「インビジボゥ、メェン」と答えたが、片仮名でどう書くのかがいまいち摑めなかった。結局、あとで辞書を引き直し、小林さんが「invisible man」と言っていたのだとわかった。

インビジブル、は、「目に見えない」「透明な」という意味だそうだが、辞書には「気づかれない」という意味も併記してあった。自分のことばかりを考えるオトナたちの目には映っていない、マサハルたち生徒の存在。気づかれていないけれど、僕たちだって確かにここにいる。そして、目を開いて、世界を見ているんだ。そんな気持ちを、美音は怪盗の名前にこめた、らしい。

「よし、仕事を終わらせるよ、マサハル」

「仕事」

すっかり怪盗を気取った美音が、金庫の中を探る。一番の証拠と考えていた希望調査票の回答用紙は見当たらない。

「なにこれ」

「ん？」

美音が引っ張り出してきたのは、輪ゴムでくくられてひとかたまりになった封筒の束だ。どうやら、合田先生の話を真に受けて、校長は本当に「見られたら困るもの」を金庫に放り込んだようだ。

封筒の中身は、どこかのカメラ屋で現像された十数枚の写真だった。一緒にネガフィルムまでついている。美音がまずつまみ上げたのは、ちょっと厚化粧の女性たちに囲まれて、顔を真っ赤にしている校長の写真だった。写真の表情だけで、酒を飲んでバカ騒ぎしている様子がありありと伝わってくる。奥さんに見つかったら大事《おおごと》だろう。

「こりゃ、家に持ち帰らずに、学校に置いておくわけだわ」

「ああ、そう、だね」

確認すると、店の正面で撮ったと思われる写真もあった。店名、電話番号が確認できる雨避けまで映っていて、日付もばっちりプリントされていた。電話帳で調べれば店の住所もわかるだろうし、学校日誌を見れば、校長先生が修学旅行の下見に行った日付もわかるはずだ。

写真には手紙が添えられていた。例の修学旅行の行き先であった町の町長からだ。字が達筆すぎてマサハルにはところどころ読めなかったが、とにかく校長をほめちぎっていて、今年もなんとか修学旅行に来て欲しい、とお願いするような内容であることはわかった。これだけベタ褒めされたら、気持ちいいに違いない。捨てずにとっておきたいと考えるのも人情かもしれない。

「マサハル、このネガ、写真部の部室で現像できるよね？」

「ああ、うん。たぶん大丈夫」

「焼き増ししてさ、掲示板に貼り出してやろうよ」

「え、そこまでする？」

「手紙も、一応写真に撮っておいて」

それは後でやろう、と、マサハルはとりあえず脱出を提案した。そろそろ行こうかというところで、美音がまた新しい写真と手紙を金庫から見つけてきた。「〇〇荘」という差出人名から察するに、手紙の送り主は今年の三年生が泊まった宿の人だろう。

「なんか、これだけ、ちょっと違う感じ」

「違う？」

美音から渡された一枚の写真を見る。旅館の女将《おかみ》さんと思しき女性と校長先生が並んで写っている写真だ。他の写真と違って、校長先生は校長らしいぴりっとした顔をしている。女将さんは和服姿で、マサハルから見ればそこそこのお婆さんだが、きっと若い頃はきれいだったんだろうと思わせるような佇《たたず》まいだった。

手紙にざっと目を通した美音が、無言でマサハルの手に渡してきた。こちらも、先ほどの町長さんの手紙と同じような崩し字の達筆だが、どこか女性的な柔らかい筆跡だ。

内容を読んで、美音が複雑そうな顔をしているわけがなんとなくわかった。女将さんは手紙の中で校長先生を「君付け」で呼んでいて、昔からの仲なのだと思わせた。女将さんは、お客さんが来なくなって潰れかけていた旅館が修学旅行のおかげでなんとか持ち直した、ということに対する感謝を丁寧に書き綴っていた。そして、生徒たちになかなか思うようなもてなしができなかったことを、何度も謝っていた。

「同級生とかかな、ウチの校長と、この女将さん」

「どうだろう。そうかもね」

「校長の初恋の人、だったりしてね」

「それ、結構あり得るような気がする」

他のものと違って、この写真と手紙だけは輪ゴムでくくられていなかった。金庫の奥の一番深いところに、ハンカチに包んで置いてあったのだ。それだけ、大事なものだったのだろう。

校長先生は、もしかしたら初恋の人を助けたかったのかもしれない。潰れかけていた旅館を救うために、誰になんと言われようとも、修学旅行の行き先を変更しなければならなかった。

「男ってさ」

「ん?」

「好きなコの前だと、カッコつけたがるよね」

「そりゃ、まあ、そうかもね」

もちろん、その他の証拠から、校長が純粋な思いだけで行動したのではないことも明白だ。それでも、この一枚の写真だけは、少しだけ人の優しさを映し出しているような気がした。

「いい写真、だと思うなこれ」

「写真部の副部長が言うなら間違いないね」

「いや、わかんないけど。どうする? これも持っていく?」

んー、と、美音は少しだけ首を捻っていたが、やがて手紙と写真をハンカチに包みなおし、金庫の奥に戻した。

「置いていくんだ」

「なんていうかさ。いくら正義の怪盗インビジブルといえども、人の心なんてとんでもないものまで盗んじゃダメな気がするんだ」

「そっか」

一番大事なものだもんな、と、マサハルはうなずいた。

とりあえず、持っていくものをひとまとめにし、マサハルと美音とで分けて持つことにした。

よし、逃げよう、という段になって、また美音が足を止めた。忘れてた、と、袖口からまたなにか取り出す。なんだ、その袖は四次元にでも繋がってるのか？　と聞きたくなる。

「怪盗たるもの、これを忘れちゃいけない」

開いた金庫の中に、美音が小さな名刺大の紙きれを入れた。予告状の時と同じく、新聞の切り抜きで「修学旅行はたしかにいただいた」という文章が作られている。怪盗インビジブル、という名前の横には、予告状にはなかったネコのイラストが描かれていた。ポスターが入選するだけあって、美音は漫画を描くのが上手い。

「あのさ」

「うん？」

「なんでネコ？」

美音は、深い意味はないんだけど、と前置きをしながら金庫を閉め、鍵を元の場所に戻した。

「なんかこう、暗闇の中でも目が光ってる、みたいな感じ。わかる？」

「んー、まあ、なんとなく」

「あとさ、よく言うじゃん」

「ん？」

「泥棒猫、とか」

それはちょっと意味が違うんじゃないか、と、マサハルは苦笑いをした。外ではまだ、警報ベルの音が鳴り響いていた。

8

北中開校以来の大騒動から一週間が経って、ようやく学校は日常を取り戻した。マサハルが自宅近くの公園に向かうと、すでに美音が立って待っていた。ごめん、とマサハルが言うより早く、このウスノロ、と怒られる。

「早く行こ」

「そうだね」

先週の「ニセ火事」は結局、全校生徒が校庭に避難し、消防車が何台か来てようやく、発煙筒によるイタズラだと発覚した。真っ先に疑われたのは第一発見者の小林さんだったが、知らぬ存ぜぬでシラを切り通し、決定的な証拠もないので無罪放免となった。そこから、数人の不良生徒が職員室に呼ばれたが、いずれもアリバイが証明されておとがめなしになった。当日は午前中だけ来て帰ったとか、ズル休みしていたとか、どうしようもないアリバイばかりではあったが。

マサハルと美音は、騒動発生時に間違いなく校長室にいたということもあって、疑いの目すら向けられなかった。ニセ火事事件の真犯人は煙の中。そのままうやむやになりそうな気配だ。

校長先生は、翌日朝に開かれた臨時の全校集会でニセ火事事件についての詳細を説明した後、午後になって急に体調を崩し、入院療養に入ってしまった。もう、一週間も学校に来ていない。

心配だよねー、と、美音が白々しいことを言う。

まだ登校時間には少し早いくらいの時間に学校に到着する。体育館の隣、武道場の方向から、剣道部が朝練《あされん》をする音が聞こえてくる。マサハルと美音は昇降口から校内に入り、正面にある学校掲示板の前に立った。右を見る。左を見る。校内を歩く先生も、登校してくる生徒の姿もない。

マサハルがカバンに手を突っ込み、折りたたまれた黄色い模造紙を引っ張り出した。広げると、ちょうど掲示板を埋め尽くすくらいの大きさになる。放課後に美音の家に拉致され、一週間かけて二人で作り上げた力作だ。「盗まれた修学旅行」についての真実が語られている。文章はすべて、また新聞の切り抜きで作った。模造紙の半分は校長室の金庫から盗み出した「乱痴気写真」の紹介。もう半分は、行き先希望調査の真の集計結果が書かれている。

希望調査票の回答用紙は、小林さんのところに紙ゴミとして出されていたことが後でわかった。予告状を見た校長先生が、慌てて証拠隠滅を図ったのだろう。マサハルと美音が集計した結果、やはり一番人気は北海道であった。でも、例の「地獄」に投票している人間も、十五人ほどいた。怖いもの見たさとか悪ふざけの類だろうが。

「おう、すごいのを作ったじゃねえか」

二人がかりで掲示物を貼り終えたところで、後ろから小林さんの声が響いた。振り返ると、いつものサル顔に満面の笑みを浮かべている。小林さんはつかつかと掲示板に近寄ると、こりゃ大したもんだ、と顎をさすりながら感心した様子でマサハルと美音の力作を眺めていた。

「こりゃすげえけど、すぐに引っぺがされちまうかもしれねえな」

「かもね。内容がヤバいからね」

美音が動じることなくうなずく。先生に見つかったら、即刻剝がされてしまうかもしれない。

それは織《お》り込み済みだ。でも、その前にできる限り多くの生徒に真実を伝えたい。だから、マサハルと美音はほとんどの先生が出勤し、生徒たちが一斉に登校してくるまでの隙間となる時間、午前八時を狙って来たのだ。

写真と集計結果だけでは、「校長が修学旅行を不正に利用していた」という決定的な証拠にはならない。オトナってやつは、汚いって相場が決まっている、とは小林さんの言葉だ。上手いこと言い逃れをされてしまうかもしれない。でもきっと、今年は露骨に修学旅行を利用することはできないだろう。写真とネガフィルムは美音の手の中にあるし、写真部のマサハルは美音に言われるがまま、たっぷりと焼き増しをした。美音は、父兄会の日にどこか目につくところに貼り出してやろうかと息巻いている。

例の、旅館の女将さんと並ぶ校長先生の写真を思い出すと、マサハルはぴりりと良心が痛んだ。だが、美音曰く、それはそれ、これはこれだそうだ。一片の同情の余地はあるが、みんなの青春の一ページ、楽しい修学旅行は取り戻さなければならない、というのが美音の考えだ。それはきっと、正しい。なにしろ、美音がそう言うのだから。

模造紙の隅っこには、また例のネコが片目を開いていた。見ているぞ、そう言っているようでもあり、目を見開いて見てみろ、と言っているようにも見えた。

廊下に設置されたスピーカーが、ジーッ、という独特な音を出した。チャイムが鳴る前に必ず聞こえるあの音。案の定、間を置かずにチャイムが鳴りだした。キンコン、カンコン。一日の始まりを告げる、朝八時のチャイム。ちらほらと、昇降口に向かってくる生徒たちの足音が聞こえはじめていた。

「行こっか」

マサハルが声をかけると、達成感で気が抜けていたのか、美音は少しぼんやりとした表情のまま、横を向いた。いつもの激しさがつるんと抜けた、美音の顔。もう随分長いこと友達でいるのに、こんなにきれいな目をしていたかな、と、マサハルはどきりとした。

「行こっか」

美音がマサハルの方を向いて、近づいてくる。おかっぱ頭が揺れて、右手が真っすぐに伸びてくる。

「なにしてんのよ、ウスノロ」

耳が引っ張られて、ちぎれそうになった。マサハルは「痛い」と「放して」を繰り返しながら、美音の後について教室に向かう。多少耳が痛くても、前を歩く美音を止めることなんかできやしない。

9

モン吉さん、それマジな話？　と、猿渡ケンが驚きの声を上げた。体育館裏の焼却炉横、モン吉さんは相変わらず完全禁煙の校内で煙草をふかしている。

「なんだよ、サルケンのくせに俺を疑うのか」

「なんだサルケンのくせって。そうじゃないですけど、いやなんつうか」

なあ、と、ケンは隣に立っている石川ダイスケに同意を求めた。あっけにとられてぽかんとしていたダイスケは、ああ、と慌てて首を縦に振った。

怪盗インビジブルが、本当にいたという話。

モン吉さんが北中で仕事を始めた頃の話だから、もう四十年も前のことだ。デジカメもスマホもインターネットもない時代の話で、ところどころイメージしにくい表現もあったが、四十年前のここで四十年前の中学生が生きていて、その姿をモン吉さんがリアルタイムで見ていたのだと思うと、不思議な気持ちになった。

北中内で頻発していた「怪盗インビジブル事件」は、二学期に入って一応の解決を見た。学校側からなにか報告があったわけではないが、犯人は二年生の女子、それもダイスケの弟のクラスの子であったらしい。事件発覚後、その女子は遠くに転校してしまったそうだ。まあ、泥棒をしていたことがバレたのだから、仕方がないことかもしれない。

その後、モン吉さんが「盗品の隠し場所」を見つけたらしく、持ち主のわかるものについては担任らを通じて返却があった。ケンも、自分のラケットがあるのではないかとモン吉さんのところに来てみたのだが、卓球のラケットはなかったという。

おい、なんだよねえのかよ、と、ケンは苛立った。もうきっと使わないラケットだが、盗まれたままというのもなんだか納得がいかない。怪盗インビジブルとかいうやつはなんなんだよ、と文句を言ったところで、モン吉さんが昔話をはじめたのだ。

怪盗インビジブルの正体が、四十年前にとんでもない事件を起こした実在の生徒だった、という話は驚くばかりだった。学校七不思議なんていうものは大体テレビかマンガの影響を受けた似たり寄ったりの話なのが普通だ。けれど思い返してみると確かに、初めて部活の先輩から七不思議の話を聞いた時、「怪盗インビジブル」の話だけ妙に浮いてるな、と感じていた。

モン吉さんの話が本当だとすると、怪盗インビジブルの話は四十年の間に随分変わってしまったようだ。初代・怪盗インビジブルがネコのイラストに込めた思いは忘れ去られ、犯行声明は「黄色の付箋紙」になり、「一番大事なものだけは盗まない怪盗」は、「人の一番大事なものを盗む泥棒」になってしまった。人から人へ、世代を跨《また》いで話が伝わるうちに、だんだん変わってしまったのだろう。

「なんか、ちょっと信じられないけどすげえ話だな」

ケンが腕組みをしてうなずくと、ダイスケが「なにがだよ」と笑った。なにが、と言われると、うまいことなにが、とは言えない。

「なんか、すげえじゃん。おまえの弟のとこの怪盗とはえらい違い」

「そりゃなあ。なんか結構、いろいろ問題のある女子だったらしいし」

「そっか。でもさ、そいつなのかな」

「ん?」

「俺のラケットをパクっていったやつ」

「あー、どうなんだろうなあ」

北中を騒がせた「ニセ怪盗インビジブル」は、人の一番大事なものを狙って盗んだらしい。でも、ケンは「一番大事なもの」は盗まれなかった気がする。ラケットケースは持っていかれたし、その中のラケットは未だに見つからないままだけれど、それはケンにとって「一番大事なもの」じゃない。

一番大事なものは、ケンの胸の中に残っていた、心だ。

ラケットを盗まれたことで、自分の一番大事な気持ちに、ケンは気づくことができた。卓球への情熱とか、そういうもの。最後までやり遂げたいと思う気持ち。ラケットがなくなっても、その気持ちは持っていかれなかった。ケンのことなどなにも考えていない単なる泥棒かもしれないが、あの日ラケットを持って行った「怪盗」に、ケンは少しだけ感謝している。

「ケン、そろそろ行かないと塾に遅れる」

「あ、やべ。そんな時間？　モン吉さん、俺らそろそろ行くわ」

早いもので、もう二学期が始まって一ヵ月半が過ぎようとしている。部活を引退し、ケンもダイスケも、受験モード真っ只中《まただなか》だ。今は、駅前の同じ塾に通っている。夏休み明けからケンの成績がぐんと伸びて、ずっと成績のよかったダイスケと同じくらいのところまで追いついて来ている。このままだと、志望校が被りそうだ。まかり間違って同じ高校になったら、また同じ卓球部に入るかもしれない。

またダブルス組まされたりしてな。

そう思うと、腐《くさ》れ縁《えん》というものの強さを感じてしまう。

「なんだ、今日は覗いて行かねえのか」

モン吉さんが、体育館の通気窓を指す。ここのところ、たまにダイスケと並んで卓球部の様子を見ていたが、もうやめることにした。先輩がいつまでも心配していては、後輩たちが伸びないだろう。

「もう、いいんすよ、俺たち引退したし」

「そうか。まあ、そうだな」

モン吉さんに手を振って、人の姿のない体育館裏から、裏門に向かう。学校菜園には先週くらいまでトマトがなっていたが、どうやら収穫されたようだ。菜園に新しいトマトの実がなる頃には、ケンもダイスケも、もうこの学校にはいない。

「あいつらもさ」

「あいつら?」

「卓球部の一年、二年」

「あ、ああ」

「伝説を残してほしいよな。怪盗インビジブルとか、俺たちみたいに」

「伝説?」

ダイスケは、一瞬、間を置いた後、おいケン、と首を横に振った。

「あんま調子乗んな」

「あ? なんだよ」

「俺らは、予選二日目の初戦まで行っただけだろ」
うちの部にしてみりゃ伝説のセンパイだろ、と、笑いながら、ケンは秋晴れの空を見上げた。

CASE0

intermedio

元卓球部の二人の背中を見送っていると、煙草はだめですよ、と、後ろから声がかかった。平吉が振り返ると、校長が立っていた。盗み聞きよりはいいだろ、と応戦する。

「随分、懐かしい話をされてましたね」

「まあ、四十年経っておかしな話にされちまったから、正しい話を残しておかねえとと思ってな。例のカイトウなんとか」

「怪盗インビジブル」

そう、それだ、と平吉はうなずいた。

「なんかなあ、時代ってやつは、変に変わっちまうだろ？　オトナは汚ねえっつって大暴れしてたような不良連中はいなくなったけど、今度はガキがオトナみてえに小賢《こざか》しくなっちまってさ。カイトウなんとかは人様の大事なもんを盗むようになって、俺はずっと用務員でよかったのに、学校主事さん、なんて呼ばれるようになった」

「時代、で片づけるのは、寂しい気もしますね」

「そういや、あの怪盗少女は、元気にやってんのか」

平吉の脳裏に、跳ねっかえりの強いおかっぱ頭の姿が浮かんだ。

「あ、話してませんでしたっけ」

「ん？」

「亡くなったんですよ。もう、七年前ですけどね。ずっと英語教師をやってましたけど、授業中に倒れて」

ふっと、胸を風が通り抜けていったような気がして、平吉は言葉を詰まらせた。間をごまかすために、ポケットから煙草を取り出して咥え、火をつける。〝灰皿〟の投入口を開けて、最初の灰を落とした。

「そりゃ、知らなかった。悪かったな」

「いえ、言ってなかったのは私ですから」

「俺みたいな役立たずのジジイが生き残ってるってのに、若いのが死んじまうのはやるせねえな」

「役立たず、なんて、そんな。まだまだこれからじゃないですか」

「いやあ、もう俺ぁ今年六十三だものさ。定年だよ。サルケンたちと一緒に卒業だ。いつ死んでも構わねえさ」

平吉が再び灰を落とすと、校長が平吉の指先から煙草を奪った。そのままもみ消して、焼却炉に放り込む。

「なんだよ、なにすんだよ」

「小林さん、再任用でまだあと二年働けるんですから」

北中のある自治体では、公務員は定年を迎えても、六十五歳までは再任用制度を使って働き続けることができる。平吉のような学校用務の仕事をする人間は、六十三歳で定年。希望すれば、一年更新で最大二年働ける。

「いやあ、もういいだろう。俺の代わりなんていくらでもいるんだから」

「この北中を四十年見てきた人なんて、小林さん以外いますか？」

「そりゃ、まあ、いねえだろうけどな」

「少なくともうちの学校にとっては、小林さんは替《か》えの利かない存在ですから。いやだって言っても、もうちょっとだけ働いてもらいますからね」

だから、健康にはお気をつけを、と、校長が平吉の横に回り、抱くようにして肩を叩いた。冗談のわりには、手に力がこもっていた。

「あ、それから」

「ん？」

「その焼却炉、来月撤去しますからね。体育館裏、整備することにしましたので」

身だしなみは、見えないところから。と、校長が説教臭いことを言う。そういうことを言うとガキどもに嫌われるぞ、と忠告しておく。

「再任用の希望なんか、俺は出さねえぞ。悠々自適の引退生活が待ってるんだからな」

「希望は出さなくても大丈夫ですよ。私が推薦しちゃえば通りますから」

平吉は、いつからこんなに強引になったんだおまえは、と、皆藤校長の後ろ姿に毒づいた。校長は振り返ることなく、手を上げて応えた。

「かわいそうにな、俺の灰皿」

もうすぐ撤去されてしまうという、焼却炉を軽く叩く。手のひらに赤錆がつくが、四十年連れ添った相棒だ。時代とはいえ、なくなるのは少し寂しい。別れの一服だな、と、平吉は作業着の胸ポケットから煙草を取り出そうとした。だが、いつもどおり指先を突っ込んだはずなのに、煙草のケースに触れない。

代わりに指先に引っついてきたのは、黄色い付箋紙だ。

新聞か雑誌から切り抜いた文字で、「禁煙ファイト」「怪盗インビジブル」という文章が作られている。余ったスペースには、ネコの絵が描いてあった。いつの間に、と舌打ちをする。きっと、肩に手を回された時だ。

「あの野郎」

黄色い付箋を、もう一度見る。四十年前の光景が、鮮やかによみがえってくるような気持ちになった。後先考えずに、無謀《むぼう》な若さに満ち溢れていた日々の、かすかな記憶。

「にしても、絵がヘタクソだなあいつは」

俺の方が上手い、と、平吉は鼻で笑い、黄色の付箋紙を引っつけた指を、空に向かって高く掲げた。

行成 薫（ゆきなり・かおる）

1979年、宮城県生まれ。東北学院大学教養学部卒業。2012年、『名も無き世界のエンドロール』で第25回小説すばる新人賞を受賞しデビュー。他著に『バイバイ・バディ』『ヒーローの選択』『僕らだって扉くらい開けられる』『廃園日和』『ストロング・スタイル』がある。

本書は書き下ろしです。

怪盗《かいとう》インビジブル

第一刷発行　二〇一八年十一月二十日

著者　行成《ゆきなり》　薫《かおる》

発行者　渡瀬昌彦

発行所　株式会社　講談社

〒112-8001東京都文京区音羽二−一二−二一

電話　出版　〇三−五三九五−三五〇五

販売　〇三−五三九五−五八一七

業務　〇三−五三九五−三六一五

本文データ制作　講談社デジタル製作

印刷所　豊国印刷株式会社

製本所　株式会社国宝社

定価はカバーに表示してあります。

落丁本・乱丁本は購入書店名を明記のうえ、小社業務宛にお送りください。送料小社負担にてお取り替えいたします。なお、この本についてのお問い合わせは、文芸第二出版部宛にお願いいたします。本書のコピー、スキャン、デジタル化等の無断複製は著作権法上での例外を除き禁じられています。本書を代行業者等の第三者に依頼してスキャンやデジタル化することはたとえ個人や家庭内の利用でも著作権法違反です。

©Kaoru Yukinari 2018

Printed in Japan　ISBN978-4-06-513659-1

N.D.C. 913　239p　19cm